文庫書下ろし／長編時代小説

決闘柳橋

剣客船頭(七)

稲葉　稔

KOBUNSHA

光 文 社

この作品は光文社文庫のために書下ろされました。

目次

新鳥越町
今戸町
今戸橋
竹屋ノ渡し
新吉原
東叡山寛永寺
白山
雑司ヶ谷
護国寺
小石川
小梅村
浅草寺
花川戸町
吾妻橋
本郷
下谷山崎町
駒込追分
傳通院
中堂
不忍池
並木町
浅草駒形堂
蔵前
御徒町
大川
旅籠町
御蔵前通り
牛込
小石川
御米蔵
石原町
水道橋
神田川
佐久間河岸
外神田
柳原
本所
神楽坂
佐久間町
浅草御門
御竹蔵
番町
和泉橋
内神田
同朋町
柳橋
両国橋
南割下水
大横川
国豊山回向院
両国広小路
一ツ目之橋
市谷
馬喰町
薬研堀
竪川
小伝馬町
御船蔵
六間堀
常盤町
神明社
菊川町
今川橋
新乗物町
新大橋
四谷
大川端
深川元町
猿江
谷町
北町奉行所
本船町
万年橋
石切町
松島町
小名木川
麹町
江戸城
日本橋
江戸橋
日本橋川
高橋
深川
芝翫河岸
南町奉行所
南茅場町
仙台堀
永代橋
千日坂
元赤坂町
伝馬町
楓川
八丁堀
湊橋
材木町
亀久橋
永田町
霊岸島
佐賀町
数寄屋町
木挽町
八丁堀
富岡八幡宮
木場
溜池
石川島
越中島
洲崎
佃島
芝口ノ橋
汐留橋
院
青山原宿村
寺
神谷町
濱御殿
六本木
市兵衛町
増上寺
下渋谷村
飯倉片町
金杉川
幡宮
麻布村
善福寺
赤羽橋
金杉橋
仙台坂
古川町
渋谷川
尾原
天現寺
江戸湊
麻布
白金
北品川
尊
目黒川
大崎
南品川
目黒
桐ヶ谷
大井
戸越
北
羽田
六郷川

主な登場人物

沢村伝次郎　元南町奉行所定町廻り同心。辻斬りをしていた津久間戒蔵の捕縛に当たっていたが、すんでのところで逃げられた後、津久間に妻や子を殺害される。探索で起きた問題の責を負い、自ら同心を辞め、嘉兵衛に弟子入りして船頭になる。その後も、仇である津久間戒蔵を探し続けている。

千草　伝次郎が通っている深川元町の一膳飯屋「めし　ちぐさ」の女将。伝次郎に思いを寄せている。

松田久蔵　南町奉行所定町廻り同心。伝次郎の元朋輩。伝次郎の仇である津久間戒蔵を追っている。

酒井彦九郎　南町奉行所定町廻り同心。伝次郎の元上役。津久間戒蔵探しのために骨を折っている。

中村直吉郎　南町奉行所定町廻り同心。伝次郎の元朋輩。津久間戒蔵の行方を追うのに手を貸している。

政五郎　船宿・川政の主。伝次郎に目をかけてくれている。

音松　伝次郎が同心時代に使っていた小者。

嘉兵衛　伝次郎に川のことを教えた船頭の師匠。村田小平太に襲われた伝次郎の身代わりになって刺されて亡くなる。

◆　◆　◆

津久間戒蔵　元肥前唐津藩小笠原家の番士。江戸市中で辻斬りを繰り返し、世間を震撼させる。捕縛に当たった伝次郎たちに追い詰められながら逃亡。労咳にかかりながら、逃亡している最中に、遊女屋を足抜して男たちに襲われているお道を救い、一緒に暮らすことに。伝次郎を討つことを生きがいにしている。

お道　赤坂にある遊女屋の元女郎。売上金を盗んで逃げていたところを津久間に救われ、その後、津久間を介抱しながら一緒に暮らしている。

剣客船頭(七)

決闘柳橋

第一章　舟客

一

日々寒気もゆるみ、かたかった梅の蕾《つぼみ》が開きかけ、早くも清らかな鶯《うぐいす》の声を聞くようになっていた。

その日はことに暖かく、津久間戒蔵《つくまかいぞう》にしてはめずらしく遠出をしたくなった。ただ単に歩きまわるのはおもしろくないので、いまやすっかり女房面《づら》をしているお道《みち》に、釣りに行ってくるといったのは、まったくの気紛《きまぐ》れだった。

「気をつけて行って来てくださいよ。暗くならないうちに帰ってくるんですよ」

「日の暮れ前には戻るさ」

「薬はちゃんと飲んだんですね」

「うるさくいうな。ちゃんと飲んでる。それよりにぎり飯を作ってくれ」

戒蔵はそういいつけると、裏庭に行って餌にする蚯蚓《みみず》を二十数匹とった。それから自分でこしらえた釣り竿をたしかめ、一度ビュンとしならせてみた。

（いい感じだ）

ひとり納得して、脚絆《きゃはん》に草鞋《わらじ》履き、袷《あわせ》の着物を高く端折《はしょ》って襷《たすき》を掛けた。菅笠《すげがさ》を手にして家の中に戻ると、お道が竹皮につつんだにぎり飯をわたしてくれた。

菅笠を被って、道玄坂《どうげんざか》上にある家を出たのは、朝五つ（午前八時）過ぎだったろうか。

年を越してから少し体調がよくなっていた。相変わらず、発作《ほっさ》的にひどい咳《せき》が出、少量の喀血《かっけつ》もするが、もうそんなことにも慣れていた。

（もう長くはない）

という覚悟もできていた。

野路《のじ》を辿《たど》り、渋谷川に出ると、そのまま川沿いに下ってゆき、適当な場所で釣り糸を垂らした。川面《かわも》は春の日をきらめかせ、土手道には春の兆《きざ》しを知らせる草花が見られた。

渋谷川には鯉《こい》や鮒《ふな》はもちろんのこと、時季によって鰻《うなぎ》やウグイ、鮎《あゆ》、鱒《ます》なども釣れる。釣れなくてもよかった。糸を垂らし、のんびりとした時間を静かに過ごす。それが戒蔵のささやかな楽しみだった。

何度か場所を変え、川下に移っていった。鮒が三匹釣れただけで、釣果《ちょうか》は少ない。正午を告げる近所の寺の鐘を聞くと、水車橋《すいしゃばし》のたもとにある茶店に立ち寄った。すぐ北に、将軍が鷹《たか》狩りをするおり、休息所に使う祥雲寺《しょううんじ》がある。そのときの鷹狩りは橋の南側に広がる広尾原《ひろおのはら》だ。いまその原の上で、鳶《とんび》がゆったりと舞っていた。

鳶は声を降らしているのだろうが、ゴトゴトと鳴る水車の音にかき消されていた。お道が作ってくれたにぎり飯を頬ばり、茶を飲む。

水車横の立木に目白《めじろ》が遊びに来てどこかへ飛んでいった。床几《しょうぎ》の傍らに、手水《ちょうず》に使う甕《かめ》があった。ふと、のぞくと自分の顔がはっきり映り込んだ。

ぞっとした。頬がこけ、眼窩《がんか》がくぼんでいる。

（こんな顔になっていたのか……）

自分のことながら、背筋がざわめくような不快感を覚えた。さらに眉間《みけん》の上にある刀傷。戒蔵は指先でその古傷をなぞった。沢村伝次郎《さわむらでんじろう》という町方《まちかた》に斬られた傷だった。

（くそッ）

胸中で吐き捨て、奥歯を噛む。

必ず見つけて片《かた》をつけると、強く心中でいい聞かせたときだった。一町《ちょう》半ほど下流にある橋を、馬に乗った武士とそれにつづく従者たちがわたっていった。

遠目であっても、それが町奉行所《まちぶぎょうしょ》の人間たちだとわかった。その数、二十人ほどだ。袖搦《そでがらみ》、突棒《つくぼう》、槍などといった捕り物道具を持ったものもいる。

みんな手甲《てっこう》脚絆に草鞋穿きだ。馬上の男は、火事羽織《かじばおり》に襷掛け、野袴《のばかま》である。被っている漆塗りの陣笠《じんがさ》が日の光を照り返していた。

（まさか……）

戒蔵は床几から尻を浮かした。あの中に沢村伝次郎がいるのではないかと思った。

茶代を床几に置くと、一行を尾《つ》けるために水車橋をわたり、畑道に出た。冬枯れの畑と野っ原が広がっている。雑木林の先に町方の一行の姿が見え隠れする。

あきらかに捕り物だとわかる。つまり、これから誰かを捕縛《ほばく》に行くのだ。戒蔵は一行に気づかれないよう、藪《やぶ》に身を隠すように畦道《あぜみち》をつたって接近していった。

町方の一行は一軒の百姓家《ひゃくしょうや》の手前で立ち止まり、馬から降りた与力《よりき》から指図を受けて、四方に散らばった。

戒蔵は雑木林の中に入ると、小高い場所を選んでそこに腰を据えた。すでに捕り方は百姓家を取り囲んでいた。その輪が徐々に狭《せば》められる。

その緊張感が、戒蔵の居すわっている場所まで伝わってきた。百姓家はいまにも倒れそうなあばら屋である。戸口の戸板も雨戸も外れかかっているし、藁葺《わらぶ》きの屋根には草だけでなくすすきさえ生えている。土壁は崩れ、竹で組まれた木舞垣《こまいがき》がのぞいている。

「定九郎《さだくろう》！　南町《みなみまち》の与力・大島幸之助《おおしまゆきのすけ》である！　もうおまえは逃げられぬ。観念して出てこい！」

大島という与力が百姓家に向かって叫んだ。

なにも返事がないので、二人の同心《どうしん》が前に進んだ。これは鎖帷子《くさりかたびら》に鉢巻き、籠手《こて》、脛《すね》あて、白衣《びゃくえ》を陣端折りしているのでそうだとわかった。

戒蔵はその二人の同心の顔を見ようと、目を凝《こ》らしたがよくわからなかった。同心の二人が息を殺し、足をしのばせて百姓家に接近する。周囲にいる小者《こもの》たちが、それぞれの捕り物道具を構えて見守る。

「出てこいッ!」

前に出た同心が声を張った。

固唾《かたず》を呑んで見物をしている戒蔵が、ひとつ、ふたつと数えたとき、戸口ががたぴしと音を立てて開いた。

(おおッ……)

百姓家からあらわれた男を見たとたん、戒蔵は思わず胸中でうなった。

男は定九郎というらしいが、見るからに勇ましかった。

蓬髪《ほうはつ》に鉢金《はちがね》を巻き、汚れた帷子の諸肌《もろはだ》を脱いでいた。胸板が厚く、四肢《しし》が太かった。抜きはなった大刀を右肩に担ぎ、ぎろりと捕り方らを睨《ね》めまわしたと思ったら、

「捕まえるなら捕まえてみやがれッ!」

と、歯を剝《む》き出しにして大声を発するなり、地を蹴って駆けだした。

二

見物人となっている戒蔵は、定九郎の勇猛《ゆうもう》さに感動していた。なにより死を恐れぬ、その勇ましさが、それまでなりをひそめていた戒蔵の心に火をつけたのだ。

（ああでなければならぬ）

胸中でつぶやく戒蔵は、病身の我が身をいたわり、やるべきことを先延ばしにしていたことを悔いた。先行き短い命である。ここそこと隠れ住んでいてなんになる。さっさと決着をつけるべきだと、自分を叱咤《しった》した。

（それにしても……）

戒蔵は捕り方に斬り込んでいった定九郎の戦いぶりに目をみはっていた。繰りだしてくる小者の槍を切り落とし、腰を低めながら脛を払い、伸びあがるようにして、横から突棒で押さえようとする小者を逆袈裟《ぎやくげさ》に斬りあげた。

絶叫が広尾原に広がり、血飛沫《ちしぶき》が日の光に舞い散った。

定九郎は斬りかかってくる同心の刀を打ち払い、斬りあげ斬り下げる。足場が悪いので、正確な間合いが取れないから刀は空《くう》を切る。

捕り方の同心も小者たちも、定九郎の八方破れの奮戦に往生している。捕り方の陣形は崩れ、逃げ道を探すように突き進む定九郎を追う恰好《かっこう》になっていた。

それでも、大島という与力の指図で、捕り方の小者が逃走路を阻むために先まわりして、定九郎の前に立ちふさがる。

「どけどけッ！　死にたくなかったらどきやがれッ！」

つばきを飛ばして怒鳴る定九郎は、威嚇《いかく》するように刀を振りまわす。その迫力に圧《お》されて、小者たちが後退する。

「ええい、なにをしておる！　囲め、囲め！」

大島が苛立《いらだ》たしげな声をあげる。

見物している戒蔵は、我知らず立ちあがり、腰の刀に手をやっていた。定九郎に加勢しようかという衝動に駆られたのだ。

抵抗して奮戦する定九郎の、剝きだしの肌に張りついた汗が、真昼の光を照り返していた。鉢金をまいた蓬髪は乱れ、片目にかかっていた。その首筋には滝のような汗が流れている。

汚れた帷子は激しい動きのせいで、外れそうになっていた。

定九郎がひとりの同心の刀をすり落として、右肩に激烈な一撃を見舞った。だが、斬れなかった。同心がかろうじて半身をひねってかわしたからだ。

そのせいで定九郎の体勢が崩れた。すぐさま大刀を構えなおそうとしたが、もうひとりの同心が定九郎の小手をたたき斬った。

「うわっ……」

思わず悲鳴を発した定九郎の体が後ろによろけた。その刹那《せつな》、小者たちが捕り物道具を繰りだした。

定九郎は突棒で腹を突かれ、刺股《さすまた》で足を押さえられた。定九郎は立っていることができずに、片膝をつく。そこへひとりの同心の十手《じって》が、後ろ首にたたきつけられた。

あとは捕り方に囲まれて、戒蔵には見えなくなった。

与力の大島が押さえられた定九郎に近づき、なにか短い言葉をかけた。すると、捕り方たちの輪が広がり、高手《たかて》小手に縛られた定九郎が見えるようになった。

ぎゅっと口を引き結び、目をぎらつかせていたが、もはや抵抗の術《すべ》はなかった。

戒蔵は一瞬にして定九郎への興味をなくし、捕り方に加わっている二人の同心の顔をあらためようと思った。

定九郎を捕縛した捕り方たちは、やってきた道を戻りはじめた。戒蔵は雑木林を急いで抜けると、先まわりするために野路を駆けた。

水車橋をわたり、乾いた道を右に折れ、先にある小さな町屋にある、万屋《よろずや》の庇《ひさし》の下に身をよせるようにして立った。菅笠を目深《まぶか》に被りなおして、捕り方がやってくるのを待った。

息が切れていた。コホコホと小さな咳が出た。咳はいったん出はじめると、しばらく治まらなくなる。それを堪《こら》えるために、生つばを呑み込み、胸に手をあてる。心《しん》の臓《ぞう》がドキドキと脈打っていた。定九郎を捕まえた捕り方たちが、すぐ先の橋をわたってきた。先頭は馬に乗った大島という与力である。小者のひとりがその馬の轡《くつわ》をつかんでいた。

その背後に二人の同心がついている。戒蔵は息を詰めた顔で、目深に被った菅笠の陰になっている双眸《そうぼう》を光らせた。

もし、沢村伝次郎なら斬りかかって、ここで仕留《しと》めてもいいと思った。だが、二人の同心は戒蔵が覚えている顔ではなかった。

（ちがったか……）

半ば落胆して、戒蔵は捕り方たち一行を見送った。だが、まだ他にも町方が近くをうろついているかもしれない。こういったところは用心深い。

戒蔵は自分が町奉行所に手配されていることを知っている。無用に町方の同心と顔を合わせるのは得策ではない。また、戒蔵は町方に追われているだけでなく、反逆者として肥前唐津《ひぜんからつ》藩の目付《めつけ》の追跡も受けているはずだった。唐津藩は戒蔵が仕えていた藩である。

もっとも、用心はするが、戒蔵は探索の手は緩んでいる、もしくはもう中止されているかもしれない、と思ってもいた。さんざん人を斬りはしたが、もうあれから四年の歳月が流れているのだ。

（もう、おれのことなんか忘れ去られているかもしれない）

そう思うこともある。

のんびり釣りにきた戒蔵だったが、思わぬ捕り物を見物して得をした気分だった。

それに、捕らえられてしまったが、定九郎の奮戦に触発されていた。

（いつまでもこんな暮らしをしてる場合じゃない。おれにはやることがあったのだ）

と、気づかされていた。

家路を辿る戒蔵は、西にまわりはじめた日を眺めて、

（明日から動こう）

と、決めた。

病身に鞭《むち》打って生きてきたのは、沢村伝次郎を倒すためだった。その思いが生きるよすがだったのだ。

（おれは、一体なにをしていたんだ）

なんだか自分のことが腹立たしくなり、釣り竿を放り投げた。釣った鮒も捨てた。

戒蔵は不気味なほど目を光らせ、口の端《は》にうすい笑みを浮かべながら歩を進めた。

背後のひからびた埃《ほこり》っぽい道に、ぴくりとも動かない鮒の死骸が横たわっていた。

三

柳橋《やなぎばし》から乗せた客は、行き先を告げたあとで、あんたに話があるといった。どんな話だろうかと、舟を操る沢村伝次郎はつづく言葉を待っていたが、客は黙り込んだままだ。

伝次郎に背を向けた客はのんびり煙草《たばこ》を喫《の》んでいる。身なりはいい。柿渋《かきしぶ》色の袷羽織に絹絣《きぬかすり》の着物、献上《けんじよう》の帯も高価なものだとわかった。雪駄《せった》も白足袋《しろたび》も真新しいし、年のわりには髪も豊かで、髷《まげ》にはきちんと櫛目《くしめ》が通っている。

「あんた、ただの船頭じゃないだろう」

伝次郎が舟を澪《みお》に進めたときに客が口を開いた。伝次郎は黙っていた。澪は流れが速いので、下る舟に勢いがついた。

「剣術の腕があるらしいじゃないか」

客は前を向いたまま言葉をついだ。

「……そんなことを誰に聞かれました?」

「知ってるものは知っているさ。たしかにあんたは面構《つらがま》えもいい。体も立派だ」

客が顔を振り向けてきた。翳《かげ》りゆく日の光がその顔をさらした。

年のころは五十。恰幅がよく、肌の色艶《いろつや》もいい。口の端に微笑を浮かべ、一重の目に親しみの色を浮かべているが、人を食った顔だ。

「舟の中じゃ話がしづらい。どうだい、陸《おか》にあがって落ち着いたところに付き合ってくれないか。なに、稼ぎは心配ご無用だ。これからの稼ぎ賃なら払ってやる。どうせ、もう日が暮れるし、そろそろ仕舞《しま》い時分だろう」

いやないい方だ。伝次郎は内心の感情を抑えて応じた。

「いったいどんな話があるってんです。それにおれはお客さんのことを、なにひとつ知らない」

「わたしゃ、ちょいとした商売をやっている男でね。……利兵衛《りへえ》という。どうだい、付き合ってくれないか？」

伝次郎は棹《さお》を右から左に移し替える。ゆっくりしたさばき方だ。棹先のしずくが、衰えゆく日の光を小さくはじいた。

「どんなご用かわかりませんが……」

　このままでは気色《きしょく》が悪いので、伝次郎はそう答えた。

　舟を仙台堀《せんだいぼり》に乗り入れ、利兵衛という客の告げた亀久橋《かめひさばし》のたもとにつけた。案内《あない》されたのは、そこからほどない場所にある小体《こてい》な料理屋だった。

　利兵衛は顔なじみらしく、

「奥を借りるよ」

　といって、さっさと奥の小座敷にあがり込んだ。伝次郎はなんだか居心地がよくなかった。なにしろ紺絣《こんがすり》膝切りの着物、半纏《はんてん》に股引《ももひき》という船頭の身なりだ。

　そこは贅《ぜい》を尽くしてある部屋ではないが、真っ白い障子《しょうじ》、真新しい唐紙《からかみ》、小さな床の間には一輪の寒椿《かんつばき》が壺に投げ入れられていた。そんな風雅な雰囲気を醸《かも》している部屋に、薄汚れたなりの船頭がいるのだ。

　店の者がすぐにやってきて、用を聞いた。利兵衛は銚子を二本頼み、肴《さかな》に刺身を少し持ってきてくれと注文した。

「落ち着きませんか……」

　利兵衛はにやりとした笑みを浮かべ、楽しそうに伝次郎を見る。

「しがない船頭には場違いな店です」

「ふふ、まあそうかたくならずに……」

「話があるならさっさといってください」

「まあ、そう慌てなさんな。あとの稼ぎはちゃんと払ってやりますから」

人を見下したいい方に、伝次郎は顔をあげた。

「舟賃ならちゃんといただきました。それ以上の金はびた一文《もん》たりともいりません」

「職人らしいものいいを……ふふっ……気に入りましたぞ」

酒が運ばれてくると、利兵衛が「まあ」といって伝次郎に酌をしてくれた。利兵衛は手酌をして、盃に口をつけた。

「勿体《もったい》ぶらずにさっさと話をお願いします」

伝次郎は相手が舟客なので、あくまでもへりくだっていう。

「人を斬ったことはありますか？」

唐突な問いかけに、伝次郎は顔をあげて眉宇《びう》をひそめた。

「あんたはかなりの使い手だと聞いている。毎朝稽古《けいこ》をしているでしょう」

今度は、伝次郎は額にしわをよせた。たしかに、家の近所にある神明社《しんめいしゃ》境内での稽古は怠らないようにしている。

「なぜ、そのことを……」

そこへ肴の刺身が運ばれてきた。鯛《たい》の薄造りに細魚《さより》の刺身、鮹《たこ》のぶつ切り、塩盛りの上に栄螺《さざえ》の壺焼き。白い切り身が青い山葵《わさび》に引き立てられた見事な盛りつけだった。

「ちょいと気になる船頭がいると耳にしましてね。人を使って調べてもらったんです」

利兵衛はさらりといって、刺身に口をつけた。うまそうに食うその姿を、伝次郎は眉間にしわを彫って眺めた。

（どこまでおれのことを……）

気になった。なにもかも調べつくしているのではないだろうが、気をつけなければならないと、伝次郎は気を引き締めた。

「話によると一刀流《いっとうりゅう》だそうですな。それもかなり練達《れんたつ》の腕だと……。稽古を見たものはそういっております。それなのに船頭に身をやつしている。あれだけの腕があれば、船頭にしておくのはもったいないといいます」

「…………」

伝次郎は利兵衛が声をかけてきたときのことを思いだした。柳橋の河岸場《かしば》につけたとき、利兵衛のそばにひとりの男が立っていた。気にも留めなかったが、いまになってそのことを思いだした。そして、他の船頭には見向きもせずに、利兵衛は自分に声をかけてきたのだった。

（つまり、おれを待っていたのか……）

「せっかくの料理です。箸をつけてください」

利兵衛はそう勧めて、また伝次郎に酌をしようと銚子をあげた。

「それより用件をいってください。これでも忙しい身なんです。人を斬ったかなどと聞かれては、穏やかじゃありません」

「ふむ、そういわれればごもっとも……」

利兵衛の目が光った。口許《くちもと》をきれいに折りたたんだ手ぬぐいで押さえ、

「わたしにちょいと雇われてもらいたいんです」

といった。

「雇われる……」

「二十、いや三十両出しましょう」

大金である。

「雇われていったいなにをやれと……」

「いまは、それはいえません。仕事はそう難しいことじゃありません。どうです、引き受けてもらえませんか？」

「馬鹿な」

伝次郎は酒をあおってつづけた。

「なにをやるかわからないのに、引き受けるもなにもない。それに三十両だなどという大金を……。まさか人を斬れというんじゃないでしょうな。だったらお断りです」

「悪い話じゃないはずですがねェ。ま、今日のところはこれでいいでしょう。これでお互いの顔がわかったことですから……」

利兵衛は楽しそうに笑って酒を飲んだ。

「とにかく物騒《ぶっそう》な話はお断りです」

伝次郎は折敷《おしき》に盃を伏せた。利兵衛はにこにこした笑みを浮かべたまま、

「いずれあんたは首を縦に振ってくれるでしょう。わたしゃあきらめませんから……」

と、言葉を足した。つまり、あらためて会いたいといっているのだ。

「利兵衛さん、おれは船頭です。それで飯を食っている。他に生計《たつき》を増やす気など毛頭ない。そのことだけはいっておきます」

伝次郎はそういって腰をあげた。

四

曇り空の下で鶯が鳴いているが、姿は見えない。

伝次郎は自分の舟を舫《もや》っている芝翫河岸《しかんがし》に行くと、早速舟の手入れにかかった。舟底にたまっている淦《あか》をすくいだし、舟縁《ふなべり》につきはじめた苔《こけ》を藁で落とす。船頭の師匠だった嘉兵衛《かへえ》の教えを忠実に守っているのだ。

――舟をただの商売道具と思っちゃならねえ。船頭はこれでおまんまを食わせてもらってるんだ。大事な女を扱うように大事にしてやらなきゃな。

嘉兵衛は欠けた歯を剝き出しにして笑ったものだ。

それにしてもまだ水は冷たい。早朝には霜柱《しもばしら》が立っているし、日当たりの悪い場所には残雪《ざんせつ》が見られた。ひととおりの手入れを終えたときには、手が赤くなって凍《こご》えそうに冷たくなっていた。口の前で両手をつつむようにして息を吹きかける。

高橋《たかばし》そばの船宿・川政《かわまさ》の舟着場にも、船頭らの姿があった。時刻は朝五つ（午前八時）前だが、舟を出しはじめている。すでに小名木川《おなぎがわ》には、近郊の村からやってくる荷舟や苫舟《とまぶね》が見られた。逆に大川《おおかわ》から入ってくる艀舟《はしけぶね》や小さな材木船もあった。

朝日を照り返す川の水は豊かで、小さくうねっていた。これは江戸湾に近いせいで、潮が満ちているからだった。江戸の多くの川は、潮の満ち引きの影響を受ける。

半纏を羽織りなおし、豆絞《まめしぼ》りの手ぬぐいを頭に巻いた伝次郎は、棹をつかんで桟《さん》橋《ばし》を押した。舟はすいと川中に進んでゆく。

普段だと客を拾ったり、客待ちをするために神田川《かんだがわ》や竪川《たてかわ》に向かうことが多いが、この日は万年橋《まんねんばし》をくぐると、そのまま大川を下った。

昨日会った利兵衛のことがずっと気にかかっていた。見た目は商家の主風情《ふぜい》だが、なにか企みのある顔をしていた。それに自分を三十両で雇いたいといい、断ってもあきらめないといった。

再び接触してくると思われるが、その前に利兵衛の素性《すじょう》を調べておきたかった。相手はこっちのことをある程度知っている口ぶりだったし、どうにも不気味である。

伝次郎は川の流れにまかせたまま舟を操り、中之橋《なかのはし》をぐって入堀《いりぼり》に入った。適当な場所に舟をつなぎ留め、身軽に岸にあがると、「音松《おとまつ》」という油屋に足を進めた。

髪油を専門に扱っている小さな店だ。店の主も音松という。伝次郎が同心のころに小者として使っていた男だった。

紺暖簾《のれん》がゆるやかに揺れていた。戸口は半分開けられていて、その腰高障子《こしだかしょうじ》には音松という文字といっしょに「髪油」と書かれていた。

「あ、旦那……」

店に近づくなり、土間にいた音松が先に気づいた。

嬉しそうに丸みのある顔をゆるめると、すぐそばにいた女房のお万《まん》に、

「沢村の旦那だ。茶を淹《い》れてくれ」

と、いいつけた。

お万も伝次郎を見て、嬉しそうに笑み、

「昨夜《ゆうべ》、旦那の話をしていたんですよ」

という。

「気遣い無用だ。それより音松、ちょいと顔を貸してくれねえか。お万、いいかい？」

伝次郎はお万に断りを入れ、近くの茶店に行って、音松と並んで座った。

「商売はどうだ？」

伝次郎は茶を注文したあとで訊ねた。

「ぼちぼちです。大儲けはできませんが、女房と二人だけですから不自由はしてお りません。そうはいっても、あっしはほとんど嬶《かかあ》にまかせきりですが……」

音松は自嘲《じちょう》の笑みを浮かべる。元は掏摸《すり》で、伝次郎の目こぼしを受けて更生し、小者としてよくはたらいた男だった。

「女房まかせでもつつがなくやっているってことか……。なによりじゃねえか」

「へえ、それよりなにか話があるんでしょう」

さすがに使っていた手下だけあって、音松は察しがいい。

「うむ」

と、うなった伝次郎は一口茶を飲んでから、昨日舟客となった利兵衛の話をした。

「三十両で旦那を……そりゃまた気《き》っ風《ぷ》のいい男ですね」

「なぜおれのことを調べて、使いたがっているのかわからねえし、利兵衛の素性がわからねえ。もっとも裏のある話は断るつもりだが、気になっていてな」

「それじゃ、その利兵衛という男のことを調べろと……」

伝次郎はうむと、顎《あご》を引いてうなずいた。

「昨日立ち寄った店は、亀久橋のすぐそばだ。『菊茂《きくしげ》』という小料理屋だった。利兵衛が贔屓《ひいき》にしている店のようだ。おそらく住まいもあの界隈《かいわい》だと思う」

「年恰好は？」

音松はいつしか昔の小者の顔つきになっていた。

「年は五十ぐらいだろう。商家の主風情で、身なりもいい。名を偽ってなけりゃ、すぐに調べはつくはずだ。それから、やつは人を使っておれのことをひそかに探らせている。そいつはおれの稽古をのぞいて、一刀流だと見破っているぐらいだから剣術に詳しいはずだ」

「そいつのこともあわせて調べろってことで……」

「悪いがやってくれるか」

「旦那、なにを遠慮しててんです。あっしは旦那のおかげで、まっとうな人間になったんです。遠慮なんかいらないです」

「そういってもらえると気が楽になる。昔みたいに満足な礼もできない身分だ」

「なにをおっしゃいますか……」

音松は鼻の前で手を振って、遠慮なんかなしですよ、と笑顔になる。

「悪いな」

「また、旦那。そんなのなしだって。水臭いことはよしてください。それより、例の津久間戒蔵のことはどうなってんです」

「あれか……なんの手掛かりもなしだ。似た男を見たとか、おれのことを調べている女がいたという話はあったが、それきりだ」

「……そうですか。ご新造《しんぞ》さんと慎之介《しんのすけ》さんの墓参りに行くたんびに、やつのことを思いだすんです。忌々《いまいま》しいことですが……。それに才助《さいすけ》と、仲造《ちゅうぞう》さんのことも思いだします」

才助というのは使っていた小者で、仲造は中間《ちゅうげん》だった。その二人も津久間戒蔵の凶刃《きょうじん》に倒れていた。

「そうか、おまえだったか……。墓参りに行くたびに、誰か来た形跡があるから誰だろうと思っていたんだ」

「あっしだけじゃないでしょう。他にもいますよ。ご新造さんの世話を受けたものはひとり二人じゃありませんからね」

伝次郎は曇った空の彼方に目を向けた。殺された佳江《よしえ》の顔が瞼《まぶた》の裏に浮かぶ。

「その利兵衛って男のことはわかりやした」

「申しわけないが頼まれてくれ」

伝次郎は顔を戻していった。

「今日明日にでもわかるでしょう。わかったら旦那の家を訪ねりゃいいんですね」

「そうしてくれるか」

五

日は雲に遮《さえぎ》られているが、妙にまぶしい。伝次郎はあおいだ空に目を細め、棹から櫓《ろ》に替えた。ぎっしぎっしと櫓がきしむ。

万年橋のそばで乗せた客は、肩をすぼめるようにして座っている。年老いた小さな男で、脇に体ほどもあろうかという大きな風呂敷包みを置いていた。

行き先は浅草駒形堂《あさくさこまがたどう》だった。客は大きな荷を背負わなければならないので、歩くのが億劫《おっくう》になったのだろう。

上る舟は川岸寄りを進むのが、船頭らの決めごとである。下るときは川中と決まっている。満潮時なので、水量が豊かで櫓が重く感じられた。

ひと漕ぎ、またひと漕ぎするたびに、伝次郎の二の腕の筋肉が盛りあがる。夏のような汗はかかないが、それでもうっすらと汗ばんでくる。

川を上るときは力仕事なので、手を抜けない。下りだと流れにまかせることができるので、水を飲んだりする余裕がある。年季の入った船頭になると、煙管《きせる》を吹かして舟を操ったりする。

大橋を抜け、御米蔵《おこめぐら》を横目に上りつづける。客は無口で、おとなしく舟の揺れに身をまかせている。

（楽な客だ）

伝次郎はそう思う。やたら話しかけてくる客は、いちいち受け答えするのが面倒である。客にはおとなしく乗っていてもらいたい。もっとも、思いどおりにいかないことが多いのではあるが。

駒形堂に舟をつけると、客は言葉少なに礼をいって降りていった。見送ると、背負った風呂敷包みで体がほとんど見えないほどだった。なにを商っているのか知らないが、行商も大変だと思う。

舟を大川に返すと、吾妻橋《あづまばし》の東詰《ひがしづめ》で客待ちをし、二人の客を拾い、浅草森田町《もりたちよう》代地《だいち》まで送り届けた。その客は舟は便利だ便利だとしきりに話し、

「船頭さんは立派な体をしているね。あんたのような船頭だと安心して乗ってられる」

と、褒《ほ》め言葉をくれた。

その後、神田川上流の水道橋《すいどうばし》までひとりの武士を乗せ、帰りに町屋の娘二人を柳橋まで送り届け、昼飯にした。

昼飯は深川元町《ふかがわもとまち》にある「めし　ちぐさ」の女将《おかみ》・千草《ちぐさ》が、毎朝作って持ってきてくれるようになっていた。

当初は断ったが、このごろではそれがあたりまえのようになっている。申しわけないと思いつつも、千草の厚意に甘んじている今日このごろである。

弁当のときもあれば、竹皮に包んだにぎり飯のときもあるが、必ずといっていいほど、玉子焼きが入っている。玉子は高価である。ひとつ二十文《もん》する。そば一杯より高い値段である。

「なにをおっしゃいます。船頭は力仕事でしょう。精をつけなけりゃ満足な仕事はできませんよ」

玉子焼きを遠慮したとき、千草はそういって微笑んだ。

伝次郎はにぎり飯を頬ばり、玉子焼きを食しながら、千草の笑顔を思い浮かべた。

玉子の甘みが口中に広がる。

今夜は来るのかと、その朝聞かれたので、行くと答えていた。

昼飯を終えると、竪川から大横川《おおよこがわ》、そして小名木川と流して客を拾っていった。日は少しずつ長くなっているが、それでも夕七つ（午後四時）を過ぎると黄昏《たそが》れの気配が漂ってくる。その日は曇りという天気のせいで、いつもより暗くなるのが早かった。

「よお、たまにはやりに行くか」

芝翫河岸に舟をつけたとき、川政の船頭頭《がしら》・与市《よいち》が声をかけてきた。ねじり鉢巻きに股引半纏というなりは同じだが、与市の半纏には○に「政」という字が染め抜かれている。

「あんたも早仕舞《はやじま》いか」

伝次郎は舟をつなぎながら声を返した。

「この天気だ。じきに日が暮れちまうだろう。どうだい」

与市は川政の舟着場に舟を向けながら聞いてくる。伝次郎は誘いにのろうかと思ったが、音松の調べが気になっていた。

「またにしましょう。今夜は先約があるんです」

「なんだ、しゃあねえな。ひょっとしてこれか……」

与市は小指を立ててからかうような笑みを浮かべ、

「おめえさんも隅《すみ》に置けねえからな」

と、カラカラと笑った。

深川常盤町《ときわちよう》一丁目にある自宅長屋に帰ったが、音松の来た気配はなかった。やってきていれば、文《ふみ》のひとつも戸口に挟んでいるはずだが、それもなかった。

仕事着から常着《つねぎ》に着替え、風呂桶《おけ》を手にしたが、すぐに思い留まり、着流した着物の諸肌を脱いで、手ぬぐいで空拭きをした。筋肉質のその体のいたるところに、いくつもの古傷がある。同心のころに負った刀傷だった。

命を張って凶悪な犯罪者を相手にしてきたが、いまの暮らしはずいぶん気が楽である。だからといって、船頭仕事も気を抜けはしない。川を相手の仕事だが、天候次第で川の様相は一変する。油断すると命を落とすことがある。

——伝次郎、川を甘く見ちゃならねえぜ。西の空が曇ったと思ったら、一気にざあっと来て、それまでおとなしくしていた川が暴れることがある。空を見な。そして雲の流れと風の動きを読むんだ。それができなきゃ一人前の船頭にはなれねえ。

船頭の師匠だった嘉兵衛の教えだ。

あらためて着物を整えた伝次郎は、長屋を出ると千草の店に足を運んだ。表はすでに宵闇《よいやみ》に包まれていた。

料理屋や居酒屋の軒行灯《のきあんどん》が浮かびあがっている。「伝次郎」と、声をかけられたのは、高橋通りに出たときだった。

振り返ると、小者の八兵衛《はちべえ》を連れた定町廻り同心松田久蔵《まつだきゅうぞう》の姿があった。八兵衛の持つ提灯《ちょうちん》のあかりが、久蔵の色白の顔を染めていた。

「松田さん……」

「大事な話がある」

久蔵の顔はいつになく厳しかった。伝次郎が怪訝《けげん》そうに片眉を動かすと、

「津久間戒蔵が見つかるかもしれねえ」

と、久蔵は言葉を足した。

六

千草の店ではゆっくり話が聞けないので、伝次郎は高橋南にある小料理屋に松田

久蔵を案内した。そのあたりではめずらしく小体《こてい》な店で、他人の耳を気にせずに話せる小部屋があった。

「なにか尻尾《しっぽ》がつかめたんですね」

伝次郎は注文の酒と肴を運んできた女中が下がってから口を開いた。

「今度はおそらく間違いねえだろう」

久蔵は静かな所作《しょさ》で、盃に手酌した。整った色白の面立ちだが、目には町方同心の鋭い光がある。久蔵は酒で口を湿らせてからつづけた。

「先日、堀《ほり》定九郎という浪人を捕縛した。こやつは日本橋《にほんばし》の商家に押し入り、主夫婦を殺して金を盗んだのだが、小三次《こさんじ》という町の岡っ引きが気づき、あとを追って返り討ちにあった。小三次はそのとき、定九郎の顔をしっかり見ており、手当てを受けながら人相を口にした。それをもとに調べを進めると、麻布《あざぶ》の女の家にしけ込んでいるのがわかった」

伝次郎は黙って耳を傾ける。部屋は静かで、障子に松の影が映り込んでいた。

「その女の家を探しているときに、おれは妙な話を耳にした」

「妙とは……」

「昨年の暮れに麻布と渋谷で三件の殺しがつづいた。殺されたのはいずれもやくざだ。やくざ同士の揉め事かと思ったが、どうもそうではない」

殺されたのは、韮山《にらやま》の富三郎《とみさぶろう》一家にいた牛坂《うしざか》の惣助《そうすけ》と真造《しんぞう》、そして熊石《くまいし》の貫五郎《かんごろう》一家の用心棒・高山策之助《たかやまさくのすけ》の三人だった。

「この調べにはおれが入ったんだが、そのときには韮山の富三郎一家はなくなっていた。縄張り争いに負けて一家は散《ち》り散《ぢ》りになっていたんだ。また、熊石の貫五郎一家と富三郎一家が揉めていた節《ふし》はなかった。そして、高山策之助は惣助と真造が殺されたあとで、何者かに斬られていた。もちろん見つかったときに息はなかった」

「その件と、堀定九郎という浪人になにかしがらみでも……」

伝次郎は酒で舌を湿らせたが、目は久蔵に向けたままだった。

「関わりはない。堀定九郎の捕縛にあたったのは、吉成清五郎《よしなりせいごろう》さんで、おれは定九郎探しの助《すけ》をしていたんだ。そのおりに、また先に話した三人のことについて気になることを耳にしたんだ」

「それは……」

「殺された三人は、どうしようもないやくざもんだ。ひとりは用心棒だったが、まあ、どいつもこいつも似たような渡世人《とせいにん》だ。下手人の手掛かりがとんとつかめねえので、探索はそこそこで切りあげることになった。おれとしちゃ納得できなかったが、上から指図されりゃなにもいえねえし、殺されたのは町のダニみたいなやつらだ。そのまま放っておいたんだが、堀定九郎の女の家を探しているときに……」

「津久間を見たんですか」

伝次郎は我知らず身を乗りだしていた。

まあ、聞けと、久蔵は伝次郎をたしなめてからつづけた。

「見ちゃいない。だが、先にいった三人の殺しの下手人探しをしているときに聞けなかった話が聞けたんだ。ひとつは高山策之助が殺された日に、麻布本村町《ほんむらちょう》の一膳飯屋であやしい浪人を見たというものがいた。よくよく話を聞けば、堀定九郎ではなく、津久間に似ているような気がしたんだ。それで持ち歩いている津久間の似《に》面絵《づらえ》を見せると、これがそうだといいやがる」

伝次郎はその先を早く聞きたいが、久蔵はゆっくり酒に口をつけてから言葉をついだ。

「もうひとつ、真造が殺されたのは渋谷金王八幡宮《こんのうはちまんぐう》の門前町にある長屋だった。真造の家だ。そのあたりにも、もう一度聞き込みをかけてみた。すると、津久間に似た男を見たというものがいたんだ。人相書きを見てのことだがな。どう思う？」

話に一区切りつけた久蔵はじっと伝次郎を見た。

「どう思うもなにも、津久間が江戸にいることがはっきりしたのでは……」

「そうだ、この似面絵と人相書きを見せたやつらが、口を揃えていうのだからな」

「まさか、松田さんは津久間の居所を見つけたのでは……」

伝次郎は目をみはって聞いたが、久蔵は首を横に振った。

「もし、見つけてりゃ、こんなまわりくどい話なんかしねえさ。だが、定九郎の一件がなにもかも片づいたので、おまえさんの耳に入れておこうと思ってな」

「わざわざ申しわけないです」

「なにをいいやがる。津久間を討たなきゃならねえのはいうに及ばず、おれたちがおまえに力を貸すのは当然のことじゃねえか」

久蔵が〝おれたち〟というのは、本人と酒井彦九郎《さかいひこくろう》、中村直吉郎《なかむらなおきちろう》の三人の同心のことである。伝次郎はこの三人を庇《かば》って、町奉行所同心から身を退《ひ》いたのだった。

「牛坂の惣助と真造が殺されたのは同じ日だった。貫五郎一家の用心棒・高山策之助が殺されたのは、それから数日後のことだが、下手人は津久間戒蔵と見ていいかもしれねえ。それに、高山策之助と惣助が殺されたのは、同じ仙台坂だった。さらに、惣助は真造の家にたびたび出入りしていたのもわかっている。殺された三人が、津久間とどんな関わりを持っていたか、それはわからねえが、津久間はあの界隈にひそんでいるかもしれねえ」

伝次郎は光らせた目を宙の一点に注ぎつづけた。

久蔵のいう〝界隈〟というのは、渋谷から麻布にかけてのことだろうが、一口でいうほど狭い地域ではない。だが、場所を絞ることはできるかもしれない。

「この件は、彦九郎にも直吉郎にも話してある。あの二人も手を貸すといってる」

伝次郎は酒井彦九郎と中村直吉郎の顔を思い浮かべた。

「おれも暇を見ては、津久間の足取りを追うことにします。松田さん、恩に着ます」

伝次郎は居ずまいを正して頭を下げた。

「おいおい、恩に着ているのはおれたちのほうなんだ。水臭いことはなしだ。それより、せっかくだ。飲もうじゃないか」

伝次郎は久蔵の酌を受けた。

それから小半刻《こはんとき》（三十分）ほど近況を語り合って店の表で別れた。

酒のせいもあるが伝次郎は、久蔵の話を聞いたときから心を高ぶらせていた。これでようやく悲願の仇討《かたきう》ちができるかもしれない。半ばあきらめかけていたときだけに、消えかかっていた埋《うず》み火《び》に炎が立った気色だった。

ざわめく興奮を抑えようと千草の店に足を向けた。むろん、千草の顔を見たいという思いもある。

店は混んではいなかった。顔なじみの客が二人。そして、千草は見かけない若い男に酌をしていた。

「あら、遅かったじゃありませんか。もう今夜はみえないとあきらめていたんですよ」

千草が嬉しそうな顔を向けてきた。

「ちょいと客があってな。一本つけてくれるか」

いつも座る小上がりには先客があったので、伝次郎は土間の縁台席に腰を据えた。

千草が相手をしていた若い男がちらちらと視線を向けてくる。若いといっても、三十前後だろう。身なりもよければ、顔立ちもよかった。

足取りも軽やかに千草が板場から戻ってきて、伝次郎に酌をしてくれた。その頰がほんのり染まっていた。

「なんだか嬉しそうだな」

「来ないと思った人が来てくださったんですもの」

そういう千草は意味深な視線を送ってくる。

「やるか……」

「いただきますわ」

千草が伝次郎のそばに座ろうとしたとき、小上がりの男が遮るように声をかけてきた。

「千草さん、こっちにも一本だ」

「あら、まだお飲みになるの」

「いいじゃないか、今夜は気分がいいんだ。早くつけておくれ」

千草が板場に下がったので、伝次郎は独酌をした。津久間戒蔵をどうやって見つけようかと、あれこれ策を練る。津久間が江戸にいたとわかっただけでも、伝次郎にはいい知らせだった。

明日は仕事を休んで、久蔵に教えてもらった長屋と麻布の一膳飯屋に足を運んでみようと思う。自分の耳でたしかめたい。そのうえで、もう一度久蔵や酒井彦九郎と中村直吉郎から話を聞けばいい。

もっとも三人は現役の町奉行所の同心である。受け持っている事案があるだろうから、あまり無理は頼めない。

(音松に助をしてもらうか……)

ふと、そんなことを思った。音松のことはよく知っているし、小者としての探索能力もあった。自由の利《き》く身なので、おそらく頼めば助をしてくれるはずだ。

そんなことを考えているうちに、二人の客が帰り、店には伝次郎と千草をそばに呼びつけたまま酌をさせている若い男だけになった。

「公助《こうすけ》さん、そろそろお開きにしましょうよ。今夜は少し酔いすぎですよ」

「そんなことはない。つれないことをいって、わたしを困らせないでおくれ」

公助という男は呂律《ろれつ》があやしくなっていた。千草は公助につかまれた手をやんわ

り外して、これを最後にしなさいと、なだめるようにいってから、

「伝次郎さん、この方松井町《まついちょう》にある足袋問屋の若旦那さんです」

と、紹介した。

「千草さん、若旦那なんて、たかが番頭ですよ」

男は照れ笑いを浮かべ、ちらりと伝次郎を見る。

「だって、跡取りなんでしょう。若旦那じゃありませんか」

まあ、どうでもいいけどと独りごちた若旦那は、伝次郎に体を向けた。

「へえ、上総屋《かずさ》の公助でございます。伝次郎さんといえば、船頭をやっている人ですね」

公助はそういったあとで、ういっと、短いしゃっくりをした。

「お見知りおきを……」

伝次郎は軽く会釈をして、公助の視線を外した。すると、公助はささやき声でなにかを千草に耳打ちした。

(嫌みな男だ)

伝次郎は気づかぬふりをして酒を飲んだ。ちらりと横を見ると、公助は千草の手

をつかんで、なですすっている。なんだか当てつけられているようで腹が立った。

「千草、勘定だ」

伝次郎は公助を見ないようにしていった。千草が、まだ一本も飲んでいないではないかと引き留めにかかったが、

「さっき飲みすぎたようだ。今夜はこれで引きあげる」

と、断って席を立った。勘定は月晦日《みそか》にまとめて払うので、そのまま店を出た。

普通なら千草が追いかけてくるか、見送ってくれるかするが、それもなかった。

伝次郎が店を出る際に、公助に呼ばれていたからしかたないかもしれない。

それでも胸の奥にもやもやしたものがあった。公助に対する嫉妬《しっと》かもしれない。

(馬鹿な……)

胸の内で吐き捨て、首を振った。それでも後ろ髪を引かれるように、千草の店を振り返った。腰高障子は閉まったままだった。

女々《めめ》しくも引き返して、様子を見に行こうかと思いもしたが、そんなことは絶対にできない。

(放っておけ)

と、半ば捨《す》て鉢《ばち》な気持ちになって家に戻った。

腰高障子を開けたとき、足許にひらひらと落ちたものがあった。端切《はぎ》れの料紙《りようし》に書かれた文だった。行灯をつけて読むと、案の定、音松からだった。

明日の朝訪ねてくると書かれていた。

伝次郎は水瓶《みずがめ》の水を柄杓《ひしやく》ですくって喉を鳴らした。

津久間の行方がつかめそうないまは、余計なことに振りまわされたくない。利兵衛がどんな男なのかわからないが、依頼ごとをされても断るつもりだ。

居間に座って、ふうとため息をついたとき、戸口に人の立つ気配があった。伝次郎はとっさに千草だと思って、「いま開ける」と、先に声をかけて土間に下りた。胸をはずませ、がらりと戸を開けたが、目の前に立っていたのは千草ではなかった。

第二章　決断

一

「まだ起きておいででしたか」

やってきたのは音松だった。明日の朝より今夜のうちに知らせようと思い、再度やってきたといって家の中に入ってきた。伝次郎は居間にあげると、音松と向かいあった。

「松田さんと会ってな。それで帰りが遅くなったんだ」

「……松田の旦那ですか」

音松は目をまるくした。

「そうだ」

「お達者でしたか？」

「相変わらずの男っぷりだ。松田さんからの話もおまえにしなきゃならねえ。それはあとでするが、利兵衛のことがわかったんだな」

「たしかなことはよくわかりませんが、人づてに種《たね》（情報）を拾い集めたところ、利兵衛は大坂堂島《おおさかどうじま》から江戸にやってきたってことです。なんでも米相場で儲けていたようです」

「米相場……」

「相場師ってんですか、あっしにはよくわかりませんが、かなり稼いだってことです。もともと江戸の人間らしいんですが、ひょっとすると大坂にいられなくなったのかもしれません。仕事はこれといってしてませんが、商売をはじめようとしてるようです」

「それでおれを三十両で……」

伝次郎は腑《ふ》に落ちない顔をして、音松の報告をうながした。

「どんな商売をしようとしているのかわかりませんが、毎日ほうぼうの盛り場を歩きまわっているそうで……これはあっしのカンですが、やろうとしているのは地味な商売じゃないようです。大方、一山《ひとやま》あてるような商売でしょう。ひょっとすると危ない橋をわたるようなことかもしれません。それで旦那を用心棒にでも雇おうと考えているんじゃないかと、そう思うんです」

伝次郎は行灯の芯をつまんで炎をあかるくしてから、

「他にわかっていることは？」

と訊ねた。

「知り合いの家に住んでいることぐらいです。冬木町《ふゆきちょう》に住まう精次郎《せいじろう》という男の家です」

「その精次郎はなに者だ？」

「仕事をしてる様子はありません。どこぞの一家から足を洗ったという話です」

「やくざ者か……」

「もっと調べろといわれりゃ、やりますが……」

「いや、それだけわかれば十分だ」

伝次郎は、利兵衛には大きな裏があるのではないかと勘ぐっていたが、さほど気にする相手ではないと思った。

「それで松田の旦那からなにか話があったそうで……」

音松が好奇心の勝った目を向けてくる。

「津久間戒蔵の尻尾がつかめそうなんだ」

「ほんとですか」

音松は目をみはった。

伝次郎は松田久蔵から聞いた話を順々にしていった。

「それじゃあの野郎は、また殺しをしでかしてるってことじゃないですか」

話を聞き終えた音松の第一声だった。

「どんなわけで殺しを重ねたのか知らねえが、やつが江戸にいることはたしかだろう。現にあの男を見たものがいる。明日からおれは津久間探しをやるが、できればおまえにも手伝ってもらいたい」

「喜んでお引き受けしますよ。商売のほうは嬶まかせですから、なんの遠慮もいりません」

「それじゃ頼む。明日は渋谷界隈に聞き込みをかける。早いが、江戸橋《えどばし》の南詰に明け六《む》つ（午前六時）に来てくれるか」

「合点《がってん》です」

その夜、伝次郎はなかなか寝つけなかった。津久間のこともあるが、千草が見送ってくれなかったこともある。

千草の手をつかんでなですっていた公助のやに下がった顔が浮かぶのだ。普段の千草ならやんわり手を払うか、そつなくいなすはずだ。ところが、先ほどは公助の手を拒む様子がなかった。

（おれはいったい……）

そんなことを考えるのがいやになり、寝返りを打って横を向いた。すると、大切な妻子と中間と小者を殺した津久間戒蔵の顔が浮かんできた。

それは伝次郎に眉間を斬られ、目を血走らせ狂犬のように歯を剝きだしにしている顔だった。かすり傷ではあったが、したたる血が鼻筋をつたい、顎から落ちていた。

（あのとき、止《とど》めをさしておけば……）

伝次郎が後悔するのはそのことである。

だが、それができなかった。

津久間が追跡をかわして逃げ込んだのは、大目付《おおめつけ》・松浦伊勢守忠《まつうらいせのかみただし》の下屋敷だった。そうとは気づかずに、伝次郎たち同心は騒動を起こしたのである。屋敷詰めの侍が飛びだしてきたので、あと一歩のところで津久間を逃すことになった。

おまけに大目付の逆鱗《げきりん》に触れ、誰かが責任を取らなければならなかった。そして、仲間の同心を庇い致仕《ちし》願いを出したのが伝次郎だった。

事態はそれだけではすまず、逃げた津久間は伝次郎の屋敷を見つけて侵入し、妻の佳江と愛息の慎之介、そして中間の仲造と小者の才助を殺して行方をくらましたのである。

「津久間、もう逃がしはしない」

伝次郎は暗い闇を凝視して声を漏らした。

目が覚めたのは、鶏鳴《けいめい》と小鳥のさえずりが聞こえるようになった頃だった。腰高障子にはあわい朝の光があたっていた。

伝次郎は夜具を払うと、身支度にかかった。

普段なら股引に腹掛けのみで神明社へ稽古に行くが、今日は着流しに無紋の羽織を着込み、愛刀・井上真改《いのうえしんかい》をつかんだ。

少し待てば、いつものように千草が弁当を持ってくる時刻だが、思いを振り払うように長屋の家を出た。それでも表道に出ると、千草の店のほうを向いて立ち止まり、しばらく待ってみた。納豆売りの姿を見ただけで、千草のあらわれる様子はなかった。

伝次郎はそのまま音松と待ち合わせている江戸橋に向かった。

二

表に出ると、小名木川からわく朝霧が地表を這《は》うように動いていた。霜柱は立っていないが、肌寒かった。弁当をさも大事そうに抱えた千草はぶるっと肩をふるわせて、伝次郎の長屋に向かった。

昨夜は酩酊《めいてい》した上総屋の公助を、うまく帰そうと四苦八苦しているうちに、伝次郎が帰っていった。見送ろうと思ったが、公助がつかんだ手を放してくれず、表に出ることができなかった。

（昨夜のことを気にしていなければいいけれど）

千草は変な誤解をされたくなかった。もっとも伝次郎は大人だし、あの程度のことで思いちがいをすることはないだろうと高《たか》をくっていた。

伝次郎の長屋の路地に入ると、下駄音を殺すようにして歩き、家の前で立ち止まった。小さく息を吐いて吸う。

腰高障子に「船頭　伝次郎」という文字が走っている。

千草は戸をコンコンと小さくたたいた。それから伝次郎さんと、ささやくように呼びかける。いつもならそれで伝次郎が声を返して、戸を開けてくれるのだが、うんともすんとも返事がない。

千草はもう一度戸をたたき、声をかけた。だが、なんの変化もない。家の中に耳を澄ましてみたが、伝次郎のいる気配がない。千草は弁当を抱えたまま奥の井戸端と厠《かわや》に目を向け、早出をしたのかもしれないと思った。

それなら芝翫河岸に行けば、間に合うかもしれない。千草は急ぎ足になって、一度高橋通りに出て河岸道へ折れた。幾艘《そう》もの舟が舟着場に舫われている。船頭らしき姿はなく、一方の路地から納豆売りが出てきた。

雁木《がんぎ》をおりると、伝次郎の猪牙舟《ちょきぶね》はしっかり舫われたままである。千草はうすく朝焼けに染まっている東の空を眺めてからきびすを返した。

(ひょっとすると神明社かも……)

伝次郎は雨や雪が降らないかぎり、神明社で剣術の鍛練をしている。これを知っているのは、ごくかぎられたものだけだ。

いつもより早く目が覚めたので、神明社にいるのだろうと勝手に考えた。しかし、朝霧のうすくなった境内には、鳥たちの声がこだましているだけで、閑散としていた。

千草は行き場をなくしたように、その場に佇《たたず》むしかなかった。

(いったいどうしたのかしら……)

伝次郎が家を出たときは人の姿をあまり見なかったが、江戸橋につくころにはほうぼうの路地から人がわくように出てきた。行商人もいれば、早出の職人もいるし、日がな一日暇をつぶしている隠居老人の姿もあった。

江戸橋は魚河岸が近いので、料理屋の買出し人や魚屋の姿が目立った。伝次郎が江戸橋をわたると、音松がそれと気づいて小太りの体を揺らしながら小走りでやってきた。着物を端折り、股引というなりだ。油屋の主ではなく、昔のように小者の出《い》で立《た》ちであった。

「早かったんだな」

伝次郎がいえば、旦那を待たせるわけにはいかないと、音松は嬉しそうに鼻の下を指先で横にぬぐった。

「飯はまだだろう。適当なところで腹ごしらえをしていこう」

「そうしましょう。嬶ににぎり飯でも作らせようと思ったんですが、なにせ寝ぼすけな女でして……」

「気にすることはない。無理を頼んでいるんだ」

「旦那、それはいいっこなしですよ。こうやって二人で歩くと、昔を思い出します」

音松は丸みのある顔をほころばせる。

二人は楓川《もみじがわ》沿いの河岸道を辿った。

川の向こうは、町奉行所の与力・同心の住居地である八丁堀《はっちょうぼり》だ。伝次郎もかつてはそこに住み、そしていま歩いている河岸道を何度も往き来したものである。考えてみれば、この近所に来たのは久しぶりだった。

船頭に身をやつしてからは、幾人かをのぞき、なるべく昔の仲間には会わないようにつとめてきた。同心のなかに伝次郎を誤解しているものがいるということもあるが、昔のよしみで慈悲を請《こ》いに来たと思われるのがいやだった。

白魚橋《しらうおばし》をわたった先にある、小さな飯屋で簡素な朝餉《あさげ》をとった。行商人や職人たちはさっさと食事をすませて出かけていくが、伝次郎たちは簡単な打ち合わせをした。

「もし、見つけたとしてもおまえは手出し無用だ」

「わかりやした」

「もっとも、すぐに見つかるかどうかわかりはしねえが……」

「旦那、津久間の野郎が三人のやくざを殺したのは去年の暮れのことですね。まさか、そのまま江戸を去ったなんてことはないでしょうね」

音松は伝次郎が危惧《きぐ》していたことを口にしてつづける。

「こっちに来るときに、そんなことを思ったんです」

「だからといってあきらめるわけにはいかん」

「まったくで……」

伝次郎は飯にみそ汁をぶっかけて、かき込んだ。

三

津久間戒蔵は、お道が出かけたあと、刀の手入れをしたり、庭に作られた小さな菜園を眺めたりした。菜園はお道が作ったものだ。夏には胡瓜《きゅうり》、秋には茄子《なす》がとれた。

お道は百姓の出だから畑仕事はお手のものだった。だが、いまはその菜園になっているものはなにもない。春の息吹《いぶき》を感じさせる青白い草が生えはじめているだけだった。

新芽をつけはじめた木に止まった百舌《もず》が、獲物をねらう目であたりを見まわしていた。じっと眺めていると、ギッといびつな一声をあげて、雑木林の中に飛んでゆき姿を消した。

「獲物を見つけたか……」

戒蔵はつぶやきを漏らすと、座っていた縁側から腰をあげた。とたん、咳《せき》が出はじめた。ごふぉごふぉと咳《せ》き込みながら、うずくまって胸を押さえ、懐紙《かいし》で口をふさいだ。それでも咳はしばらく止まらず、息苦しくなった。

「くそッ……」

口にあてがっていた懐紙を離して毒づいた。

白い懐紙には血がついていた。もう慣れっこになっているので多少の喀血《かっけつ》には驚きはしないが、咳き込むたびに体力が奪われていくのがわかる。

医者の薬は効かないとわかった。それでも飲まないわけにはいかないから、無理をしている。昨年の暮れに症状が緩和し、改善の兆しがみられたが、それも一時のことで、年が明けてからひどくなっている。食も細くなり、体がだるい。

それまでかかっていた医者が信用できなくなり、ちがう医者にかかったが、同じだった。どいつもこいつもやぶだった。もっともこのあたりは江戸の外れだから、いい医者はいないのかもしれない。

戒蔵はもう医者に頼るのはやめようと思っていた。どうせ長い命でないのはわかっている。お道に薬をもらいに行かせたのは単なる気休めだったし、あとしばらくは死ねないという思いがあるからだった。

（それにしても遅いな……）

咳が治まり、気分が落ち着いたところで家を出た。表の道に出て、背後を振り返った。雑木林を背負った傾きかけた百姓家。長いようで短い間世話になった家だった。

お道がいなければ、この家に住むこともなかっただろう。妙な感慨に浸《ひた》って足を進めた。大山道《おおやまみち》に出て右に折れると、物見松《ものみのまつ》がある。そのまままっすぐ行けば渋谷《しぶや》道玄坂町《どうげんざかちょう》だ。

戒蔵は下りはじめた坂の上で立ち止まった。

（こんなところでくすぶっていたら、いずれお陀仏《だぶつ》になっちまう）

胸中でつぶやく戒蔵は、この地を離れるときがきたと感じた。それはいまにはじまったことではない。先日、広尾原で捕り物を見物したときから密かに決めていたことでもある。

どうせ死ぬなら、あの定九郎という浪人のように潔《いさぎよ》く生を全《まっと》うしたい。

戒蔵は小さな稲荷社《いなり》の脇の石段に腰を据えて、お道を待った。日向《ひなた》は気持ちよかった。荷馬車が車輪の音を立てて、前を行き過ぎた。菰《こも》を担いだ近在の百姓が坂を下ってゆく。武士の姿はあまり見かけない。近くには大名家の下屋敷がいくつかあるが、詰めている侍が少ないのだ。

小半刻ほどして坂の下からやってくるお道の姿が見えた。戒蔵はそれを見て、思わず口の端をゆるめた自分に気づいた。いつしかお道を頼るようになっていたのだと思う。

(馬鹿な)

と、胸の内で吐き捨てても、お道がいなかったら、とうに死んでいたかもしれない。女郎屋《じょろう》から足抜《あしぬき》して、追ってきた男たちに殺されかけたのを救ってやったが、いつしか自分が命を救われる恰好になっていた。

そんなお道の姿が徐々に大きくなってきた。醜女《しこめ》ではないが、鼻ぺちゃで華奢《きゃしゃ》な体つきだ。どことい って魅力のある女ではないが、戒蔵にはよく尽くしてくれる。

「あら、こんなところに……」

近くまで来てお道が気づいた。

「待っていてくれたの」

お道は息をはずませながら嬉しそうに微笑んだ。

「おまえが遅いから心配になったんだ」

心にもないことをいうと、お道はますます頬をゆるめた。

「お薬もらってきましたよ。これまでのより効き目があるだろうって、お医者がいってました」

「さようか……」

「あの先生、たまには具合を診《み》せに来てほしいともいってましたから、今度診てもらいましょう。前のお医者より親切だし、腕もいいような気がします」

「ふむ」

「何度もお医者を変えるより、ひとりの先生にじっくり診てもらったほうがいいと思うんです」

「そうだな」

医者を変えるのは、戒蔵が疑《うたぐ》り深いからである。これで三人目の医者だった。

「鶏の肉を買ってきましたから煮込んで食べましょう。お医者も精のつくものを食べろといいます」

お道が手にさげていた風呂敷包みを掲げた。

「どの医者も同じことをいいやがる。ま、それはいいとして帰ったら話がある」

お道は怪訝そうに首をかしげたが、戒蔵はかまわずに来た道を引き返した。

家に帰ると、戒蔵はお道をそばに呼んだ。

「いったいなんです？」

「ここを出る」

お道がかしこまって前に座ると、戒蔵はあっさりといった。とたん、お道は大きく目を見開いた。

「出て、どこに行くんです？」

「城下だ。ここでの暮らしは終わりだ。おまえには世話になったが、どうする？」

「どうするって……」

お道は目を泳がせ戸惑い、うろたえたように戒蔵ににじりよって手をつかんだ。

「わたしはずっと旦那といっしょです。旦那はわたしの命の恩人なんですから、わたしはそばにいてお世話をしたいんです。旦那が出て行くならわたしもいっしょします。置いていかないで、連れて行ってください」

戒蔵はしばらく黙り込んだ。お道がそういうだろうとは思っていた。だが、連れて行っていいものかどうか少しの迷いがあった。

「あの人を……旦那を斬ったという沢村っていう人を探すんですね」

お道はそういって、戒蔵の眉間の傷に指先で触れた。

「だったらわたしも手伝います。決して足手まといになんかなりませんから、いっしょに連れて行ってくださいな」

「だが、おれはどうなるかわからぬ。沢村を見つけるのは決着をつけるためだ。斬られるかもしれぬ。もっとも不覚は取らぬつもりだが……」

お道ははっと息を呑み、目を潤ませた。

「旦那は負けやしませんよ。わたしはそんなこと決して信じないから。それでいつこの家を出るつもりです」

「明日だ」

「明日って……そんなに急いで……」

お道は驚いた。

「おれには先がない。おまえもうすうすわかっているはずだ。こんなところで無駄な刻をつぶしている暇はない。それに、この体だってそうそうよくなるもんじゃない」

戒蔵は短く咳をした。お道がまっすぐな目を向けてくる。

「…………」

「明日、この家を払う。だが、おまえもいっしょだ。沢村伝次郎を探す助をしてもらう。いいな」

お道はあきらめ顔になって、小さくうなずいた。

四

真造というやくざものが住んでいた長屋はわかったが、津久間らしき男を見たというものに会えたのは昼下がりだった。

「この男なんだがな……」

伝次郎は懐《ふところ》から津久間の似面絵を出して相手に見せた。居職《いじょく》の畳職人で、し

わだらけになった半紙に目を落として、

「これだったらこの間、町方のなんとかって旦那にも見せてもらいましたが……」

と、張り合いのない声を漏らす。

「それはおれの知り合いだ」

「それじゃお侍も町方で……」

職人は額にしわを走らせて驚いた顔をした。

「そうじゃねえ。だが、町方とつるんでこの男を探している。どんなことでもいいから覚えていることを教えてくれないか」

「それも聞かれたんですが、ただ似ているような気がしただけで、この人かどうかはわかりませんよ」

「かまわぬ。なんでもいいから思いだすんだ」

職人は細身の体には似合わない太い指で、似面絵を持ちなおして考え込んだ。しばらく待っていると、職人がゆっくり顔をあげた。

「あれは寒い日でした。あっしは畳表の張り替えで忙しくしておりましてね。それでこの近所にある黒鍬組《くろくわぐみ》のお屋敷を、往ったり来たりしていたんです。そのとき、この先の茶店のそばで見かけ、そして今度は長屋のそばで見たんですが、どうにも気色の悪いお侍でした。顔色も悪く、そばに寄れば嚙みつかれるんじゃないかと思って、目を合わせないようにしたんです」

「見たのはそのときだけか？」

「それっきりです。あのあとで、真造さんの家で死体が見つかったって聞いて、びっくりしたんです」

これじゃ話にならない。

「おまえの他に、この男を見たというものはいないか？」

職人は「さあ、それはどうでしょう」と、首をひねる。

伝次郎は小さなため息を漏らして、音松と顔を見合わせた。

「忙しいところ、邪魔をしたな」

伝次郎は礼をいって去ろうとしたが、職人がなにかを思いだしたらしく、すぐに呼び止めた。

「いえ、どうってことないでしょうが、あのお侍なんだかひどい風邪を引いていたのか、妙に咳き込んでおりました」

「咳を……」

「へえ、ずいぶん苦しそうな咳でしてね。こんなことじゃお役に立ちませんね。へへ、どうも……」

職人はばつが悪そうに、ぺこぺこと頭を下げた。

伝次郎と音松は付近にある茶店や長屋を訪ねてみたが、津久間の似面絵を見せても揃ったように首をかしげ、見たことがないというだけだった。

「これじゃ埒《らち》があきませんね」

音松が早くも疲れた顔でいう。

「あっさり見つけられるとは思っていないから覚悟のうえだ。それに、まだ調べははじめたばかりだ」

「まったくさようで……。それで、どうします」

「惣助というやくざもんと、貫五郎一家の高山策之助という用心棒は仙台坂で殺されていた。そっちにまわってみよう」

二人は麻布をめざして閑散とした野路を辿った。このあたりは江戸の外れで、畑が多い。ところどころに大きな寺院や大名家の屋敷があったりするが、ただそれだけのことで人の姿はあまり見ない。

日はいつしか西にまわり込み、歩く二人の影を長くのばしていた。

「旦那、高山って用心棒は熊石の貫五郎一家の雇われもんだったんですから、津久間は貫五郎一家と悶着《もんちゃく》を起こしていたのかもしれませんね」

「松田さんもそう思って聞き込みをかけているが、一家のものは津久間などという浪人には心あたりがないという」

「それじゃなぜ、津久間はその用心棒を……」

「それがわかれば、早く見つけられるのだろうが、もはや死人に口なしだ」

麻布本村町を抜け、仙台坂にさしかかったころには日が落ちかけていた。

伝次郎は坂の途中で足を止めた。ここで津久間戒蔵が二人の男を斬ったのかと、あたりを眺めた。

右は仙台藩伊達《だて》家の下屋敷の長塀がつづいている。左は春桃院《しゅんとういん》という寺である。境内の林で鴉《からす》が鳴き騒いでいた。門前町もあるが、いずれも小店ですでに店仕舞いにかかっている。

坂下からやってくる二人の武士が見えたが、日の暮れあとなら人目につきにくい場所だ。津久間はそれを計算に入れて二人を誘いだしたか、待ち伏せをしたのだろう。

「松田の旦那が聞き込んだ店というのは……」

坂を上ってきた二人の武士とすれちがったあとで、音松が顔を向けてきた。

「坂下のそば屋だ。貫五郎一家もそこからほどないところにあるらしい」

坂道は途中からゆるやかになり、まっすぐ行けば、新堀川《しんぼりがわ》に架かる二之橋《にのはし》にいたる。伝次郎は松田久蔵から聞いているそば屋を探した。善福寺門前元町《ぜんぷくじもんぜんもとまち》にその店はあった。

「せっかくだ、飯を食おう」

伝次郎は暖簾をくぐりながら、音松にいった。

縁台に腰をおろすと、二人とも温かい鴨南蛮《かもなんばん》を所望《しよもう》した。そのそばが運ばれてくると、伝次郎は小太りの女に声をかけた。

「暮れのことですね。へえ、この前も町方の旦那に訊ねられたばかりです」

女は心得たものである。すぐに伝次郎の問いの意図を察した。

「ひとりでその隅に座って、かけを食べていましたよ。食べてもすぐには勘定せずに、障子窓を小さくあけて表を気にしていました。冷たい風が入ってくるんで閉めてほしかったんですが、なにせ気味の悪いお侍でしてね」

女は板場から出てきた主を見、「ねえ」と、同意を求めるようにうなずいた。

「この男にまちがいなかったか」

伝次郎は似面絵を見せた。女はこの前も同じものを見たといって、

「たしかにこの人だったと思います」

と、確信ありげにいう。

「その後この界隈で見かけたことはないか？」

女はないといって、店の主に向かって、あんたはどうだと聞いた。女はどうやらおかみのようだ。

「わたしも見たことはありませんが、この店でそばを食った人が人殺しをしたんだと、この前初めて知ってゾッとしたんです。それもひとりは、貫五郎一家の用心棒だったんですからね」

「それじゃ、この男はこの店には初めて来たってわけか」

「へえ」

鬚のうすい主は前垂れを揉むようにしてうなずいた。

「貫五郎一家はこの近くだな」

これには、おかみが丁寧にその場所を教えてくれた。

音松が貫五郎一家を訪ねるのかと聞く。伝次郎はそうしてもよかったが、久蔵から聞いた話を書き留めていた手控えを読み返して、仙台坂を引き返すことにした。

「貫五郎一家はあとでいいだろう。そのまえに、高山策之助が住んでいた長屋近辺に聞き込みだ。遅くなるようだったら、貫五郎一家は明日訪ねればいい」

そば屋を出ると、すっかり日が暮れていた。

仙台坂はいっそう濃い闇につつまれていた。

「今夜はどうするんです？　一度家に帰るんですか？」

坂道を上りながら音松が聞く。

「この辺で宿を探そう。また来るのは手間だ」

「たしかに……」

高山策之助の住んでいた長屋はすぐに見つかった。策之助に対する住人の印象はそう悪くなかったが、親しい付き合いはしていなかったようだ。肝心の津久間のことだが、こちらはまったくあたりがなかった。

長屋を出ると手分けをして、町屋に聞き込みをかけていった。もう開いている店は少なく、小さな居酒屋や一膳飯屋が開いている程度だった。

伝次郎は麻布一本松町《いっぽんまつちょう》まで足をのばしてみたが、津久間を知っているとか見たものにはゆきあたらなかった。歩きづめなのでさすがに疲れてきたが、初日から音《ね》をあげるわけにはいかない。

空にあかるい月が浮かびあがり、夜目が利くようになった。提灯もこのあかるさならいらないと思いながら、聞き込みをつづける。

伝次郎が善福寺の門前町まで戻ったとき、音松が息を切らしながら駆けてきた。

「旦那、津久間を見たというものがいました」

「どこのものだ」

伝次郎は目を光らせた。

「あっしが聞くより旦那から聞いたほうがいいでしょう。案内します」

音松は気を利かせて提灯を手に入れていた。案内をしながら足許を照らしてくれる。

津久間を見たというのは、伊達陸奥守《むつのかみ》屋敷西側の町屋にある、寂《さび》れた一軒の一膳飯屋のものだった。うす暗い店内には客はいず、老夫婦が二人で営んでいた。

「もう一度その絵を見せてもらえますか」

老亭主が望むので伝次郎は似面絵を見せた。老夫婦は二人揃ってその絵をまじまじとのぞき込んで、ほぼ同時に顔をあげた。

「やっぱり暮れに来た客です。ごらんのようにうちは暇な店ですから、見えた客のことはだいたい覚えているんです」

「わたしも覚えています」

おかみはころころとよく太っていて、肉付きのよい顔の中にある目をみはっていた。

「わたしが注文を聞いたんです。この人はみそ汁を熱くしてくれといい、お酒を頼みました。わたしが肴はいらないかと聞くと、まかせるといわれたので、小海老《こえび》の佃煮《つくだに》を出したんです」

「そうだった、そうだった。なんだか顔を隠すようにして、火鉢にあたっていたんです。いまは火を入れてませんが、そこにある火鉢です」

亭主がおかみの言葉を引き取って、入れ込みにある火鉢を示した。

「半刻近くはそこにいましたよ。ときどき咳をしていましたが、帰り際にはその咳がひどくなりましてね。あの客が帰ったあとで、ひょっとして胸を病んでいるんじゃないかと、こいつと話していたんです」

亭主はそういっておかみを見た。

「胸を……」

伝次郎はつぶやいて、その日会った畳職人の言葉を思いだした。

——あのお侍、なんだかひどい風邪を引いていたのか、妙に咳き込んでおりました。

畳職人はそういったあとで、ずいぶん苦しそうな咳だったと言葉を足した。

「それでこの人、なにかしでかしたんですか？」

おかみが興味津々《しんしん》の顔を向けてくる。松田久蔵はこの店には聞き込みに来ていないようだ。

「人殺しだ。暮れに仙台坂で殺しがあったのを知らないか」

「ヘッ、あの殺しが……あの人だったんですか……」

おかみが目をまるくして驚けば、亭主もあんぐりと口を開けた。

「それだけではない。やつは何度も辻斬りや辻強盗をやり、おれの妻子をも殺している」

「えッ」

驚きの声を漏らした亭主が伝次郎をまじまじと見れば、おかみも同じような顔で見てくる。伝次郎は似面絵を懐にしまいながら、二人の視線をかわして問いを重ねた。

「こやつは暮れに来ただけか？」

「あのときだけです」

「近所で見かけたことは……」

老夫婦は首を横に振った。

五

「旦那、考えなおしてくれないか」

せがむようにいうお道を、戒蔵はにらみ返した。

「仇なんか討たなくてもいいじゃありませんか。いっちまいますけど、旦那のほうこそ仇を討たれる人間じゃないですか」

「…………」

「だって、その沢村って人のおかみさんと倅《せがれ》を斬ったんでしょう。旦那は眉間に傷をつけられただけ……」

「黙れッ」

戒蔵は強く遮った。

「おまえになにがわかる。おれにはおれの考えがあるんだ。意見するんだったらたたっ斬るぞ」

お道はいつになく怖い形相《ぎょうそう》になった戒蔵にもひるまなかった。

「斬るなら斬ってもらってもいいですよ。わたしは旦那に殺されるのなら本望《ほんもう》だ」

「なんだと……」

「旦那がいなくなったら、わたしはどうやって生きていけばいいかわからないもの」

「なにをいいやがる。地獄宿に落ちていたおまえだ。なにをやったって生きていけるさ。そうじゃねえか」

お道は恨みがましい目を向けてくる。行灯のあかりを受けた目が潤んで光っていた。

「おれがいなくなると思っているのか。おれが沢村に斬られると思っているから、そんなことをいうんだ。そうじゃねえか」

戒蔵は忌々しそうに湯呑みをつかんで茶を飲んだ。

「いいえ、旦那は沢村って人を斬っても、きっとどっかに行ってしまう。わたしにはわかるんです。旦那はきっとそう考えてる」

「ふん、なにをいいやがる。おれみたいな男にくっついていたって、ろくなことはねえ。いまだってそうだ。おれのために飯を炊いて、薬をもらいに行く。なんの楽しみもなく、おれの養生につきあってるだけだ」

「わたしはそれで幸せなんです」

「おめでたいやつだ」

戒蔵はお道の視線を避けるように、月明かりを受けている障子に体を向けた。

「……どうしても明日ここを出るんですね」

「何度も同じことをいわせるな。しつこいッてんだ!」

戒蔵は腹立ちまぎれに、持っていた湯呑みを投げた。障子が破れ、冷たい夜風が吹き込んできた。同時にひどい咳に襲われた。

ごふぉごふぉと咳き込むうちに、胸が苦しくなった。戒蔵は倒れるように横になってうずくまった。お道が背中をさすってくれる。

「旦那、大丈夫、旦那……わたしが、わたしが悪かった。もうなにもいいませんから」

お道は涙声だった。

戒蔵の咳は狐《きつね》の鳴き声のように、コホンコホンという音に変わった。胸から喉にせり上がってくるものがある。

(またか……)

胸苦しさの中、戒蔵は絶望感を覚えた。口に充満するものがあった。抑えることができずに、両手にそれを吐きだした。掌《てのひら》を鮮血が満たした。

背中をさするお道が悲鳴をあげて、台所に駆けてゆき、手ぬぐいと雑巾《ぞうきん》を持って

戻ってきた。戒蔵の汚れた口をぬぐうと、

「旦那、いいから横におなりよ。きついんだったら、苦しいんだったらなんでもいってくださいな。わたしはなんでもしますから」

と、お道は幼い子供にいい聞かせるようにして、背中をさすってくれる。

戒蔵は大きく息を吐いて吸うを何度か繰り返して、仰向《あおむ》けになった。天井の梁《はり》がぼやけて見えた。咳き込むと涙がにじむのだ。

「旦那、大丈夫ですか」

お道がのぞき込んでくる。

「ああ、心配いらねえ。水をくれるか」

「薬も飲んでおきましょう」

お道はかいがいしく動き、戒蔵にとっては気休めとしか思えない薬を飲ませてくれた。

咳が治まり、少し落ち着くと、戒蔵は隣の部屋の夜具に転がるようにして横になった。お道が畳の汚れを拭き取っていた。

戒蔵はずっと天井を見つめていた。こんな無様《ぶざま》な体じゃ、沢村伝次郎を斬ることはできないのではないかと弱気になった。しかし、あの男を斬るまでは死にたくない。たとえ返り討ちにあおうが、それが自分の唯一の生き甲斐《がい》だったはずなのだ。

（おれは、どうにもしようのねえ男だ）

胸の内でつぶやくと、我知らず自嘲の笑みが浮かんだ。

「大丈夫ですか……」

掃除を終えたお道がそばにやってきた。戒蔵はその顔を静かに眺めた。どことって見映えのしない女だが、なぜか感謝の念がわいてきた。

「おまえ、どうしておれなんかと……」

「そりゃあ、旦那はわたしの命の恩人じゃありませんか」

「それだけで、おまえはおれといっしょにいるのか」

お道はなにも答えなかった。慈愛に満ちた眼差しを向けるだけだった。

しばらく家の中に静かな時間が流れた。

風を受けた林の騒ぐ音が聞こえた。

「おれがどんな男だか、わかっているはずだ」

「……旦那は悪人かもしれない。でも、わたしにとっちゃ大事な人なんです。旦那、いつかいったじゃありませんか。地獄というのはこの世のことだって……。わたしもそう思うんです。できることなら、早く死んでもっと幸せな人間に生まれ変わりたいと……。そんなことを思うのは、なにもわたしだけじゃないと思いますけど……」

「まったくだなァ……」

同意してつぶやくと、いきなりお道が胸に突っ伏してきた。痩せた戒蔵の胸に顔を埋《うず》め、そのまますすり泣く。

「旦那、置いていかないで……わたしを見放しちゃいやだ。いやだから……」

戒蔵は悲しい声を漏らすお道の背中に手をまわした。そのままなだめるように、やさしくたたいてやった。

「わかったからもう泣くんじゃねえ。明日、いっしょにここを出るんだ」

「はい」

蚊《か》の鳴くような声でお道が答える。

「なにも慌てることはない。ゆっくり体を休めてから出かけようじゃねえか」

そういう戒蔵の脳裏に、にぎやかな両国広小路《りょうごくひろこうじ》や華やかな日本橋の目抜き通りが浮かびあがってきた。

六

伝次郎と音松がひと晩世話になったのは、麻布鳥居坂下《とりいざか》にある、おもに行商人を相手にする宿だった。宿の造りはその辺の一軒家と変わらなかったが、世話を焼く女中も主も愛想がよく、一晩気持ちよく過ごすことができた。

当然、その宿と近所にも聞き込みをしたが、津久間を知っているものもいなければ、見たものもいなかった。

「まっすぐ貫五郎一家ですか？」

宿を出てから音松が聞いてきた。

「見過ごすことはできねえからな」

「なにかわかればいいんですけどね」

熊石の貫五郎という博徒《ばくと》は、善福寺門前元町に一家を構えていた。土地の人間が俗に雑式《ぞうしき》と呼ぶ町屋の中程だった。屋敷は大きくはなかったが、戸口のそばに一目でそっちの筋者だとわかる若い衆が二人、床几に腰をかけていた。

伝次郎と音松が木戸門を入ると、二人の若い衆が警戒する目つきで立ちあがった。

「見ねえ顔だが、なに用です？」

伝次郎が侍の身なりをしているので、顎のとがった男が一応へりくだって聞いてきた。

「貫五郎親分に聞きたいことがあるだけだ。おれは沢村伝次郎という。高山策之助の件だといってくれるか」

「なに、高山さんの……」

顎のとがった男は仲間を見てから、家の中に入ってゆき、すぐに戻ってきた。

「忙しいんで用は手短《てみじか》に頼むってことです」

「おれもそのつもりだ」

音松を式台《しきだい》のそばに待たせて、伝次郎は奥の客座敷へ案内を受けた。

貫五郎は四十半ばの色白の男だった。長羽織に渋い子持ち縞《じま》の小袖《こそで》といったなりで、銀煙管を使っていた。

「沢村さんとおっしゃるんですね。高山さんのことらしいですが、旦那は町方の人で……」

貫五郎はつぶれたような塩辛声《しおから》だった。

「昔はそうだったが、いまはちがう。ただの浪人だ」

伝次郎が正直にいうと、貫五郎は眉宇をひそめた。

「そりゃあめずらしいことじゃありませんか。まだ隠居するような年じゃないでしょう。だが、まあ人にはいろいろござんすからねえ。それで、どんなことを……」

「津久間戒蔵という男を知らないだろうか？」

貫五郎はもったいをつけたように、煙管の灰を手焙《てあぶ》りの中に落としてから答えた。

「この前、松田という町方の旦那が聞きに見えましたがね。津久間なんて男には心あたりもありませんで。いったいどんな素性の男なんです」

「手短にいえば人斬りだ。高山策之助を斬っただけではない。数年前には十本の指では足りない数の人間を殺している。元は肥前唐津藩の藩士だった。じつはおれの妻子もやつに殺されている」

貫五郎は眉を動かして、額にしわを走らせた。

「そりゃ捨て置ける話じゃありませんね。いえ、このあっしも大事な高山さんを殺されているんで、見つけりゃただじゃおかないんですが……とんと、わからねえ始末で……」

「津久間は高山策之助の他に、韮山の富三郎の子分二人を殺している疑いもある。おそらくそうなんだろうが、このことは聞いているな」

「へえ、先日聞いたばかりです」

「高山と富三郎の子分のつながりを知りたいんだが……」

「つながりってほどのものはありませんよ。富三郎は品川《しながわ》を縄張りにしていたんですが、一家をたたんで子分らもほうぼうに散っていますからね。まあ、あっしは殺された真造という男に、盃をもらえないかという相談は受けていましたが、ただそれだけのことです。正直なところ、なぜ高山さんやあの子分らが殺されたのか、あっしにもよくわからないことなんです」

貫五郎の言葉に嘘は感じられなかった。ひょっとすると、津久間を匿《かくま》っているのではないかという勘ぐりもあったが、どうやらちがったようだ。

その後ひととおりの問いを重ねていったが、津久間追跡の手がかりはなにも得られなかった。

「沢村の旦那、こっちも高山さんを殺されているんで、津久間って野郎の仕業なら放っちゃおけません。探すんでしたら手を貸しますぜ」

貫五郎は修羅場《しゅらば》をくぐってきた博徒の顔つきになっていた。協力的な言葉は嬉しいが、伝次郎には手を貸してもらうつもりはない。へたに動かれたばかりに、逃がしてしまうこともあるし、博徒風情に借りも作りたくなかった。

「気持ちだけ受け取っておこう」

「もしよかったら、見つけたあかつきには知らせてくれませんか」

「そうできることをおれも願っている」

伝次郎はそういって貫五郎一家をあとにした。歩きながら、貫五郎とやり取りしたことを音松に話してやった。

「津久間はたまたま、高山策之助や真造らと揉め事を起こしていたってことですかね。そう考えるしかないような気がするんですが……」

「他に考えようがないからな」

「この界隈か渋谷近辺で殺されたものたちは、津久間となんらかの関わりがあった。そうでなけりゃ、おかしい気がするんですがね」

音松は自分の推量を口にする。伝次郎も同感であった。

「それでどうします？」

仙台坂の下まで来たところで、音松が立ち止まった。

「昨夜から気になっていることがある。飯屋の主がいったことと、真造の長屋の畳職人がいったことだ」

「咳ですか……」

音松もそのことに引っかかりを覚えていたようだ。

「津久間は胸を患《わずら》っているのかもしれねえ。もし、そうだったら医者にかかっているか、薬屋の世話になっているはずだ」

「なるほど。しかし、かかった医者を見つけるのは大変ですよ」

「いや」

伝次郎は坂の上に浮かぶ雲を眺めて言葉をついだ。

「少なくとも津久間はこの界隈には住んでいないだろう。殺しがあったときも、そのあとも前も、この辺で津久間は見られていない。しかし、真造が住んでいた長屋の近辺ならどうだろうか……」

「すると、渋谷のあたりだと……」

「宮益町《みやますちょう》や道玄坂町には何人かの医者がいる。薬屋もあの町にはある。まったく当てはずれかもしれないが……」

「それじゃ渋谷に」

「うむ」

その日やることはそれで決まった。音松が村医者もあたるべきだというので、下渋谷村や麻布村の医者を何人か訪ねたが、津久間の名は誰からも出なかった。

真造が住んでいた金王八幡宮門前町にも医者はいなかったが、渋谷宮益町に二人の医者がいることがわかった。

すでに昼を過ぎていたが、二人は宮益坂に出て途中で聞いた医者の家に足を向けた。と、青山《あおやま》のほうから坂を下りてくる四人の男を見て、伝次郎と音松は立ち止まった。先方も二人に気づいて、駆けるようにして坂を下りてきた。

松田久蔵と酒井彦九郎だった。

久蔵の小者・八兵衛と、彦九郎の小者・万蔵《まんぞう》もいっしょだ。

「なんだ偶然もいいところじゃねえか」

彦九郎がずんぐりした体を揺らして近づいてきた。

「まさか、津久間のことで……」

「あたりまえだ。他にあるか」

「そこまで世話をかけては申し訳ないです」

「なにをいいやがる。おれたちゃ、やつを捕り逃がしているんだ。そのことを忘れるんじゃないよ」

「だから気兼《きが》ねはいらねえってことさ」

久蔵が笑みを浮かべていった。伝次郎はその言葉で少し肩の荷が下りた気がした。それに思いがけない助っ人に、頼もしさを感じていた。

「そんなことより伝次郎、驚くんじゃねえぜ。津久間の居所がわかったんだ」

彦九郎の言葉に、伝次郎は目をみはった。

「まことに……」

「おまえに嘘をついてなんになる。やつはお道という女といっしょに住んでいる。この坂の上に山田雲石《やまだうんせき》という医者がいてな。津久間がかかっているそうなんだ。それに昨日もお道という女が薬をもらいに来たらしい」

「それで、津久間の住まいは？」

「わかっている。おぬしに会えてよかった。これでやつの運も尽きたというわけだ。それにやつは胸を患っているらしい」

「やはりそうでしたか」

「とにかく、こんなところで立ち話をしてる場合じゃない」

久蔵がそういって先に歩きだしたので、伝次郎たちもあとを追いかけた。

第三章　訪問者

一

伝次郎ら一行は、渋谷道玄坂町の坂を上ってゆく。坂の上に身動きしない雲がぽっかり浮かんでいる。案内役になっている松田久蔵が先頭に立ち、伝次郎、酒井彦九郎、音松、小者の八兵衛と万蔵という順で歩いていた。

道幅は三間《けん》あまりで、上り坂は約四十間つづく。右側には小僧も置く小さな商家が並んでいる。左側は中渋谷村の百姓らの商売屋である。草鞋や莫蓙《ござ》、籠《かご》、あるいは作物の芋《いも》や野菜が置かれているが品数は少ないし、野良着《のらぎ》のまま店の表に座っているものもいる。

町のものたちが伝次郎らをめずらしそうな顔で見送っていた。ひと目で町奉行所同心とわかる男が二人いるし、伝次郎もいつになく厳しい顔つきになっている。一行は物々《ものもの》しい雰囲気を醸していているので、坂上からやってくるものたちが恐れるように道の端によけた。

坂道を踏みしめるように歩く伝次郎の脳裏に、いろんなことが錯綜《さくそう》した。元気だったころの妻・佳江のやさしい笑顔、幼かった慎之介を高い高いしてやっていた自分。慎之介は無邪気《むじやき》な声で楽しそうに笑った。いずれは伝次郎と同じ、同心の道を歩むはずの子だった。あの頃は幸せに満ちていた。いい家庭であった。

なにもかも打ち壊したのが、津久間戒蔵である。

伝次郎は奥歯を嚙み、ギンと鋭い目を前方に向けた。すると、血まみれになって倒れていた佳江と慎之介の姿が脳裏に甦《よみがえ》ってきた。小者の才助も、中間の仲造も津久間の犠牲になっていた。

長い間、埋み火のように腹の底に眠っていた怨念が、大きな炎《ほむら》となって燃えさかってきた。

「直吉郎にも助をさせるつもりだったが、やつは手の放せない厄介《やっかい》ごとを抱えている。おぬしによろしく伝えてくれといっていた」

彦九郎が横に並んでそんなことをいった。

「役目のことはよくわかっておりますので、気にはしておりません」

坂を上りきると、急に閑散とした道になる。ところどころに百姓家が点在するだけだ。先のほうに大きな物見松が見えたとき、先頭を歩いていた久蔵が立ち止まった。

「ここで待っていてくれ。雲石という医者は、津久間のたしかな家を知らなかった」

それを聞いた伝次郎は、「なんですと」と、顔をしかめた。

「懸念《けねん》には及ばぬ。この近くに周右衛門《しゅうえもん》という村役《むらやく》がいる。医者はその村役に聞けばすぐにわかるといった。八兵衛ついてこい」

伝次郎たちはその場で待つことにした。久蔵と八兵衛は往還《おうかん》を左にそれた小道に入って姿を消したが、ほどなくして戻ってきた。

「わかったぞ、この先の道を左だ」

久蔵はそのまま案内に立った。

物見松をやり過ごした先の辻を左に曲がって、しばらく行ったところにあばら屋が見えた。雑木林を背後に背負っている。

表道から狭い小道を少し行ったところに、形ばかりの門があり、狭い庭があった。戸口は閉まっているが、雨戸は開け放してあり、縁側にあかるい日が射していた。

「この家にまちがいない。村役はお道と浪人が住んでいるといった」

声を低めていう久蔵が伝次郎を見て、どうすると聞いた。段取りを訊ねたのだ。

「松田さんと酒井さんは家の脇にまわってもらえますか。八兵衛と万蔵、そして音松は裏にまわってくれるか」

みんな承知したとうなずいた。

「音松、待て」

万蔵と家の裏にまわろうとした音松を、彦九郎が呼び止め、

「おまえは無腰《むごし》じゃねえか、これを持て」

といって、自分の十手を音松にわたした。

みんなが家のまわりに散ると、伝次郎はふっとひとつ息を吐き、持参の襷を肩にまわしてかけた。それから動きやすいように、着物の裾を端折った。

刀の柄《つか》に手を添え、すっと鯉口《こいぐち》を切る。やっと来るときが来たという万感《ばんかん》の思いが胸の内にあった。

伝次郎はゆっくり歩を進めた。あいている縁側に目をやる。人の姿は見えない。話し声も聞こえない。裏の林から鳥たちの声が聞こえてきて、ギイッと、いびつな声を発して飛び去る一羽の鵯《ひよどり》がいた。

伝次郎は閉まっている戸口の前に立った。息を殺し、屋内の気配を感じ取ろうと、五感を研《と》ぎすます。声をかけるか、一気に戸を引き開けるか。戸が閉まっていれば蹴破るだけである。

短く迷ったが、思い切って戸を引き開けた。戸はあっさり横に開いた。伝次郎は同時に腰を低めていつでも刀を抜ける体勢になった。

だが、家の中に人の姿はなかった。気を張っていただけに拍子《ひょうし》抜けをしたが、それでも用心深く土間に足を踏み入れた。

「津久間……」

小さな声を漏らして、家の中に視線をめぐらしたが、やはり誰もいない。さっと背後を振り返った。

(留守をしているのか)

土足のまま座敷にあがり込んで、注意深い目で家の中をあらためた。

居間に茶簞笥《ちゃだんす》がある。茶道具や器が入っている。部屋の隅には火鉢があった。奥の間には小簞笥と柳行李《やなぎごうり》。

古いあばら屋だが、掃除は行き届いており、よく整理してある。伝次郎は台所に行き、竈《かまど》の灰に手をあてた。かすかなぬくもりがある。竈は使われている。つまり、人が住んでいると考えてまちがいない。

伝次郎は一度表に出た。あかるい午後の光がいっせいに降り注いでくる。風が鬢《びん》のほつれ毛を揺らした。表道をにらむように見てから、

「酒井さん、松田さん、留守のようです」

と、声をかけた。

それぞれに身をひそめていたみんなが姿をあらわした。

「留守だと……」

酒井がまあるい顔にある細い眉を動かした。

「暮らしている気配はありますが、誰もいません」

「おい久蔵、家をまちがったんじゃないだろうな」

そんなことはないと、久蔵はいったが、心配になったらしく表道まで走り出て、あたりを見まわし、

「まちがってはいない。たしかにこの家だ」

と、いいながら戻ってきた。

「家の中をあらためよう」

彦九郎がいうので、伝次郎はもう一度家の中をあらためることにした。

「おかしいですよ」

しばらくして、音松がそれぞれに動いているみんなを見た。

どうしたと彦九郎が聞くと、

「津久間はお道という女と暮らしていたんですよね。たしかに女物の手鏡や櫛はありますが、化粧道具が少なすぎます」

という。

「着物も少ない」

と、久蔵が言葉を添えた。

「まさか、おれたちのことに気づいて逃げたのでは……」

彦九郎は苦み走った顔になっていった。

「そんなことはない。やつに気づかれるようなことはしていないんだ」

そう応じた久蔵は、表を見張っておけと八兵衛に指図した。

それからあれこれ推量をかわし、出かけているだけならいずれ帰ってくるはずだから待とうということになった。

しかし、いたずらに時間が過ぎるだけで、日が翳ってきた。

「今夜ひと晩待ってみましょう」

伝次郎はそう腹をくくった。彦九郎と久蔵が付き合うといったが、伝次郎は自分ひとりにまかせてくれと頑《かたく》なに断った。

「出かけているのなら、誰か見たものがいるはずだ」

久蔵が深刻な顔でつぶやくと、

「よし、二人を見たものがいないか道玄坂で聞き込んでこよう。万蔵、音松ついてこい」

と、彦九郎が二人を促して家を出て行った。

ようようと日が暮れ、すっかり夜のとばりが下りた。

津久間の帰りを想定して、みんなあかりもつけず、煮炊きもせずに、漫然《まんぜん》と腰をおろして息をひそめていた。空腹は水で満たすしかない。

風の音とときおり鴉の鳴き声がするだけで、家の中は静寂に包まれていた。伝次郎は柱にもたれ、片足を投げだした恰好で、刀を肩に立てかけていた。

「誰か来ます」

戸口のそばにいる八兵衛が振り返った。伝次郎は刀をつかみなおし、投げだしていた足を引いた。みんな耳をそばだて息をひそめる。

足音がだんだん近づいてきた。だが、それは聞き込みに行っていた彦九郎たちだった。

伝次郎がふっと息を吐いて肩の力を抜くと、戸口が開けられ彦九郎たちが家の中に入ってきた。

「津久間とお道という女は、昼前に出かけている。津久間は身軽ななりだったらしいが、お道は振り分け荷物を持っていたそうだ」

「振り分け荷物を……」

久蔵が目をみはった。

「それじゃ旅に出たってことですかね」

八兵衛がいう。

「行き先はわからないんですね」

伝次郎は彦九郎を見た。

「わからぬ。だが、道玄坂を下って東のほうに向かっていたらしい」

伝次郎は遠くを見る目になって考えた。道玄坂からまっすぐ東へ進めば、青山である。さらに先へ行けば、赤坂《あかさか》御門にぶつかる。

「しばらく帰ってこないつもりかもしれぬ」

彦九郎がいう。

「いや、ここを払ったということも考えられる。伝次郎、どうする?」

久蔵が見てきた。

伝次郎は唇を嚙んだ。すんでの所で行きちがった恰好だ。

「無駄になるかもしれませんが、今夜はここで様子を見ることにします」

「よし、それじゃおれたちは雲石という医者に頼み、お道の似面絵を作る。それから宮益町に聞き込みをしよう。酒井、それでいいか」

「それでいいだろう。足をのばして青山のほうまで聞き込みをかけてみる。もし、なにかわかれば、この家に使いを走らせる」

「恐縮です」

伝次郎が頭を下げると、彦九郎と久蔵はそれぞれの小者をつれて出て行った。残ったのは伝次郎と音松だけだ。

「旦那、腹が減ってませんか？」

みんながいなくなってから、音松が伝次郎を見た。

「そういうおまえこそ腹が減っていそうだな」

「道玄坂まで行って、なにか食い物を手に入れてきましょう」

「すまぬな」

二

船宿「川政」の主・政五郎《まさごろう》は、いつものように舟着場の上に出ると、目の前の小名木川を眺める。満々と水をたたえた穏やかな川は、朝日にきらめいている。

雁木の上に置かれた床几に腰をおろし、舟着場で支度をはじめた船頭らを見守り、それから芝翫河岸に目を向け、眉をひそめた。今朝も伝次郎の姿がない。

昨日も伝次郎は仕事を休んでいる。船宿に雇われている船頭ではないから、休むのは伝次郎の勝手だろうが、これまで二日つづけて休むことはなかった。

（風邪でも引きやがったか……）

そう思いもするが、風邪のほうが避けていくような頑健《がんけん》な男だ。いつもなら自分の猪牙舟を丹念に、それも磨くように洗っていたり、舟底の淦《あか》をすくいだしたりしている。そういった心構えにも感心するが、伝次郎は身なりがいい。

腹掛け半纏に股引というなりは、その辺の船頭と変わらないが、半纏も腹掛けも股引もいつもきれいに洗い張りがきいている。着物が古くても清潔さを感じ、見ていて気持ちがいいのだ。

その辺の船頭は多少身なりが汚れていたり、袖や裾がすり切れていても気にもかけない。うちの船頭らにも、伝次郎の爪の垢《あか》でも煎《せん》じて飲ませてやりたいと思うのはしばしばだ。もっとも何度かいってはいるが、素直に聞くものは少ない。口やかましくいうのは性に合わないので、最近は黙っている。

「おい、伝次郎は今日も休んでいるようだが、なにか聞いてるか？」

政五郎は、舟着場に降りようとしていた与市に声をかけた。

「さあ、昨日も休んでいましたね。どうしたんでしょう」

与市はそのまま自分の舟に向かっていった。

（おれが聞いてんだ。なんで聞き返しやがる）

腹の内で毒づいた政五郎は、出したばかりの煙草入れを懐にしまって腰をあげた。

そのまま店を出ると、高橋をわたって芝翫河岸に足を運んだ。

やはり、伝次郎の舟はいつものところに舫われたままだった。

（まさか、ほんとうに寝込んでるんじゃ……）

たしかめずにはおれなくなった。政五郎は伝次郎の長屋である惣右衛門店《そうえもんだな》を訪ねた。赤ん坊をあやす女房が挨拶をしてくる。井戸端にいた女房たちも、ちらりと政五郎を見て、小さく会釈をした。政五郎はこの辺ではちょっとした顔役だ。

伝次郎の家の戸口をたたいてみたが、返事がない。

「おい、伝次郎、いねえのか……」

返事は別のところからあった。

赤ん坊をあやしている若い女房だ。

「昨日から伝次郎さんは留守ですよ。昨夜も帰ってこなかったようだから……」

「どこへ行ったか知ってるか？」

女房はさあと、小首をかしげてぐずりはじめた赤ん坊をまたあやしにかかった。

（あの男のことだ。そう心配することはないだろう。余計な気をまわしちまったか……）

そんなことを思いながら政五郎が長屋を出たとき、二人の男が立ちふさがるようにして目の前で立ち止まった。

ひとりは商家の主風情で、もうひとりは身なりはいいが、目に筋者の翳りを漂わせていた。

「船宿の人ですな？」

先に声をかけてきたのは、恰幅のいい商家の主みたいな男だった。政五郎の羽織っている船頭半纏を見て、船宿の人間だと察したようだ。

「さいですが……」

政五郎は見知らぬ人間に対してはへりくだった物いいをする。荒くれ船頭を扱っているが、そこはちゃんとした商売人である。

「伝次郎という船頭を知りませんか？」

「……知ってますが」

政五郎は相手のことを訝《いぶか》るように眺めた。

「昨日も姿がなかったんで、探しているんですが、どこにいるかご存じありませんか？」

「それはあっしに聞かれてもわからないことです。伝次郎は独り立ちしてる船頭ですから……。なにかやつにご用でも……」

「ご存じありませんか？　それじゃしかたない。出なおすことにしましょう」

相手はもう用はないとばかりにきびすを返そうとした。

「お待ちを。あっしは高橋にある、川政という船宿をやっている政五郎と申しやす。よかったらお名前を教えてもらえませんか。いえ、伝次郎に会ったら伝えておきますから」

相手は少し躊躇《ためら》ったが、

「わたしは利兵衛と申します。一度、伝次郎さんの客になった男です」

と、にこやかな顔でいう。

「そうでしたか。それで、そちらの方は……」

政五郎は連れの男を見た。やはりこいつは筋者だと思った。そんな目つきをしている。

「精次郎といいやす」

男は素っ気なく答えて、視線をそらした。

「この辺ではあまりお見かけしないんで、伺っただけです。失礼いたしやした」

政五郎が軽く会釈をすると、二人はそのまま来た道を引き返していった。

(いってえ、なに者だ)

利兵衛と精次郎が角を曲がるまで、政五郎は見送っていた。

三

「旦那、ずっとここに泊まるつもりなの……」

お道が昼餉の料理膳を台所に返して戻って来るなり、そんなことをいった。

「長くはいないさ」

「下でどれくらい泊まるんだというんだよ。二、三日だといっておいたけど……」

お道はそういいながら茶を差し替えてくれる。

「……今日のうちにでも、ねぐらを探すことにしよう」

「ねぐら……」

「ずっと旅籠《はたご》にいるわけにはいかねえ」

「旦那はほんと突拍子《とっぴょうし》のないことをいうんだね。なにを考えてるんだか、わたしはわからなくなっちまう。はい」

戒蔵は湯呑みを受け取って、しばらく浮いている茶柱を見つめた。町方は人相書きをほうぼうに手配しているはずだ。似面絵も添えてあるかもしれない。

市中に来たまではいいが、神経を使わなければならない。もっとも時間がたっているので、自分のことは忘れられているかもしれないが油断はできない。

町方の同心に気をつけなければならないのは当然だが、その同心の手先となって動いている岡っ引きや小者もいる。自身番《じしんばん》にも触れはまわっているだろうから、そっちにも注意をしなければならない。

（こりゃあ気が抜けねえな……）

胸の内でつぶやく戒蔵は、窓辺によって表を眺めるお道の背中を見た。

「やっぱり江戸はにぎやかですね。人も多いし、いろんな店があって……」

お道は表を見ながら浮かれたようなことをいう。

（おれが動きにくいなら、こいつをうまく使うしかないか）

そう考えてからお道に声をかけた。

「頼みがある」

「なんでもいってください」

お道がそばに来て座った。

「おれはねぐらを探してくる。その間に、おまえは沢村の行き先を調べてくれ。やつは昔の屋敷にはいなかったんだな」

「去年、そんなことを聞いてますよ」

「そうだったな。それに、御番所《ごばんしょ》をやめているかもしれないともいったな」

「たしかなことじゃありませんけど……」

「やめてようがなんだろうが、いまどこに住んでいるか知りたい。だが、相手を選んで調べるんだ。まちがっても町方に訊ねたりなんかするな。そんなことしたらたちまち疑われるだろうし、へたをするとしょっ引《ぴ》かれることだってある」

「そんなことが……」

お道はにわかに顔をこわばらせた。

「昔、世話になった女だというんだ。そうだな……浅草の茶店ではたらいているときに世話になった。今度田舎《いなか》に帰ることになったから、一度挨拶をしたいと、あれこれ聞かれたら適当に答えておけ」

「なんという茶店だっていわれたら……」

「伊勢《いせ》屋でいい」

江戸には伊勢屋という名の店が腐るほどある。なにしろ「江戸名物　伊勢屋稲荷に犬の糞《くそ》」と、川柳《せんりゅう》に詠《よ》まれるほどだ。疑われることはない。

「それから名前も他の名を使え。田舎はどこだと聞かれたら、巣鴨《すがも》村といっておきゃいいだろう。おまえの生まれはそうだったはずだ。巣鴨といっても広いから、おかしくは思われないだろう」

戒蔵はそれからもいくつかの細かい注意を与えて、お道を送りだした。

昨日市中にやってきた戒蔵は、当初、尾張町《おわりちょう》界隈にある旅籠を宿にしようと思っていた。その界隈のことにあかるいからだったが、よく考えれば近くには自分が仕えていた唐津藩上屋敷があるし、勤番侍《きんばんざむらい》も多い。おそらく藩目付も自分に目をつけているはずだから、これはまずいと思って、通旅籠町《とおりはたごちょう》まで足をのばして恵比《えび》寿《す》屋という旅籠に入ったのだった。

戒蔵は小半刻ほどして恵比寿屋を出た。出入りするときには、宿の者になるべく顔を覚えられないように気を使った。

行くあてはなかったが、どうにかなるはずだった。深編笠《ふかあみがさ》を被り、しっかり顔を隠して通りを歩く。

しばらく江戸の外れに隠棲《いんせい》していたので、目に入るものがまぶしいほどだ。参勤で初めて江戸に来たときのような高揚感があった。

横山町《よこやまちょう》を抜けて両国広小路に入った。太鼓や笛や鉦《かね》の音がうるさいほどだ。それに通行人を呼び止めようとする呼び込みの声が重なるし、大道芸人たちの口上も被さってくる。

矢場《やば》からは歓声があがり、芝居小屋からは拍手が漏れてくる。数え切れないほどの幟《のぼり》や旗が立っていて、店々の暖簾も色とりどりだ。

華やかさやにぎやかさに浸っていたのは、束の間のことだった。戒蔵はこれはと思う、男や女を探す目になっていた。

若くなくていい。男でも女でもかまわないが、長屋暮らしをしていない者がよかった。

もっとも今日のうちにお道が沢村伝次郎の居所を調べてくれれば、無用なことになるが、用心と備えは怠《おこた》るべきではなかった。

結局、両国広小路ではめぼしい相手は見つからなかった。かえって静かな町屋のほうがいいのかもしれない。そう思って浅草橋をわたって、神田川沿いの河岸道を西に歩いてみた。

行商人や職人らに目がいったが、いずれも長屋住まいだろうと思われた。

小さな店《たな》があった。煙草屋や艾屋《もぐさや》、あるいは履物屋《はきものや》といった店だったが、これもよくない。商売人は人に会う機会が多いし、訪ねてくる客もいる。そんな店に居座ればすぐに町の噂になる。

戒蔵は表通りを避け裏通りを探すことにした。

その日は不思議と咳が少なかった。忘れかけていたころに、軽い咳が出るぐらいで、体も楽だった。ひょっとすると、お道が新しくもらってきた薬が効いているのかもしれない。

（そうならいいが……）

と、神に祈るような気持ちになった。

中天《ちゅうてん》にあった日が西にまわり込み、気づいたときには日が暮れかかっていた。

だが、目をつけた家が神田佐久間町《さくまちょう》三丁目にあった。目の前が藤堂和泉守《とうどういずみのかみ》屋敷の長塀という片側町で、人通りも多くない。

その家には隠居した老夫婦が住んでいるようだった。その家をしっかり覚え込んだ戒蔵はまた他の町にまわった。

つぎに目をつけたのは、神田松枝町《まつがえちょう》の一軒家だった。土地のものがお玉《たま》が池というあたりにある小さな屋敷だ。

おそらく貧乏御家人《ごけにん》の住まいと思われた。あやしまれないように様子を窺《うかが》っていると、女や下男《げなん》などの姿もないのでひとり暮らしのようだ。

すでに町には夕闇が漂っていた。雲を染めていた夕日も衰え、紫紺《しこん》色の空が広がっている。今日はここまでにしておこうと思って、戒蔵がきびすを返したとき、先の屋敷の木戸門が開き、ひとりの男が出てきた。戒蔵に気づく素振《そぶ》りもなく、柳《やなぎ》原《わら》通りに向かって歩いてゆく。

戒蔵は尾《つ》けてみることにした。

四

「明日の朝まで待ってみよう」

伝次郎は付き合ってくれている音松にぽつりといった。

「それでいいんで……」

「いろいろ考えてみた。先日、堀定九郎という凶賊《きようぞく》が捕らえられた。その際、探《たん》索方《さくかた》は麻布渋谷界隈を徹底して調べている。津久間はそのとき同心たちの動きを見たのかもしれぬ。もし、その探索が自分のことだと思ったならばどうだろうか」

音松は竹筒の水を飲んで、伝次郎のつぎの言葉を待った。

「この家にいてうまくやり過ごそうと考えたかもしれぬ。しかし、それは危険な賭けでもある。意を決してこの家を払った。そう推量することもできる」

「じつはあっしも、津久間が留守をしてるんじゃなくて、この家を出て行ったんだと思うんです。端《はな》から着物などは少なかったのかもしれませんが、古い下穿《したば》きが残っているだけですし、いっしょに住んでいたお道の化粧の品がありません。二、三日家を空けるだけなら、紅《べに》や白粉《おしろい》などといったものがあるはずです」

「なるほど、いいところに目をつけていたな。どうせ引き払う家だから、戸締まりもしなかったと、そうも考えられるな」

伝次郎は煙管を吹かした。紫煙が夜風に流されてゆく。あかりをつけられないので、月と星が頼りだ。それに多少の闇には目が慣れていた。

松田久蔵は村役から、この家に津久間戒蔵とお道という女が住んでいたと聞いていた。ところが肝心の住人の帰ってくる気配がないので、伝次郎はその日、もう一度音松に調べさせた。

その結果、この家をお道という女に売ったという百姓がわかった。その百姓は津久間にも何度か会っており、似面絵を見てまちがいないといっている。

「松田の旦那や酒井の旦那からの知らせもありませんね」

音松が表を見ながらいう。

伝次郎も気になっていることだった。知らせがないのは、これといった手がかりをつかめなかったということだろう。

短く嘆息《たんそく》した伝次郎も、表の闇に目を向けた。表道の向こうに月光を受けた欅《けやき》が、人影のように浮かんでいた。


男は静かに酒を飲んでいた。そこは、佐久間町の裏通りにある場末の居酒屋だった。八畳ほどの入れ込みで、近所の職人や商家の奉公人たちが、がやがやと愚にもつかないことを話し合って酒を飲んでいる。

戒蔵が目をつけた男は、ひとり浮いたように隅の席で独酌している。津久間も一合の酒をちびちびやっていた。

男は浪人の風体《ふうてい》である。妻子がいるのか、どんな仕事をしているのかわからない。小さな屋敷は木戸門だったので、御家人身分だというのはなんとなくわかる。

(もし、ひとり暮らしで、人付き合いの少ない男なら好都合なのだが……)

と、戒蔵は勝手に期待しながら、男の横顔をちらちらと盗み見ていた。年のころは三十ぐらいだろうか。整った顔立ちだが、悩みを抱えているように陰鬱《いんうつ》である。酒を運ぶ女中が目の前を横切っていった。隣の職人がげらげらと大声をあげて笑った。

厠から帰ってきた男が、「ごめんなすって、ごめんなすって」と、客の間を縫って、自分の席に戻った。そのとき、男がのそりと腰をあげて勘定をした。戒蔵も男に気取《けど》られないように腰をあげ、女中に釣りはいらないといって金をわたし、男を追うように店を出た。

ところが、どこにもその姿がない。少し歩いて、振り返ろうとしたとき、首筋に刀の鞘《さや》をあてられて、びくっと体を固めた。

「おれになにか用があるのか？」

さっきの男だった。男はすぐそばの路地に身を隠していたのだ。

「用……そんなものはない」

戒蔵は離れようとしたが、相手は首筋にあてた鞘に力を込めた。一方の手はいつでも刀を抜けるように柄をにぎっていた。

「おれを見ていただろう。いったい何者だ。名を教えろ」

「……沢村、伝次郎」

戒蔵はそう応じ、「おぬしは？」と、問い返した。

「赤尾弥一郎《あかおやいちろう》だ。無体に人を見れば、誤解を招く。用がないなら去れ」

戒蔵はにわかに怒りを感じていた。このまま腰の刀を抜いて斬ろうかと考えたが、突発的に咳が出た。ごふぉごふぉと体を揺すって咳をすると、赤尾弥一郎からゆっくり離れた。咳は止まらず、天水桶《てんすいおけ》に片手をついて胸を押さえた。

（こんなときに、くそッ）

咳をしながら赤尾を見ると、

「なんだ、胸を病んでいるんじゃないのか」

といって、くるりと背中を見せて去っていった。

五

「ああ、よかった。ひょっとしたらわたしを置き去りにして、旦那がどっかに行ってしまったんじゃないかと、心配していたんです」

旅籠に戻ると、言葉どおりお道は胸をなで下ろした。

「夕餉はどうします。もうこんな時刻だけど、おむすびぐらいだったら作ってくれるといっていますけど……」

「飯はいらん。軽く食ってきた」

「だったら薬を……」

お道は巾着《きんちゃく》から薬を出して、戒蔵に白湯《さゆ》を持たせた。飲みたくはなかったが、さっきも咳が出てしばらく止まらなかった。

咳をしているときには、赤尾弥一郎の屋敷にそのまま乗り込んでやろうかと短気を起こしていたが、気分が静まると、少し様子を見ることにしたのだった。それにお道から話も聞きたかった。

「それでどうだった？」

戒蔵は薬を飲んでからお道を眺めた。

「それとなく訊ねてきましたけど、相手が町方の同心でしょう。聞く相手を見つけるのに往生しました。それで、ふと思いついて湯屋に行ったんです」

「ほう」

それはいい考えだと、戒蔵は感心した。

「高座《こうざ》（番台）の番頭さんに訊ねたら、沢村という人は御番所をやめたそうです。もう四年ほど前だったとか……」

「ほんとうにやめていたのか……」

戒蔵は呆然《ぼうぜん》とした顔つきになって、まばたきをした。

「それで、どこでなにをしているのかわかったか？」

お道は首を横に振った。

「番頭さんは詳しいことは知らないらしく、知りたければまた明日訪ねてこいといってました。湯屋客の同心か与力の旦那だったら、知っている人がいるらしいんで……」

すると湯屋の番頭は、お道のことを与力や同心に話すということだ。それはちょっとまずい気がした。

「お道、湯屋の番頭はおまえのことを聞かなかったか？」

「聞かれました。だから旦那にいわれたように、昔茶店ではたらいているときに世話になったと。それで、田舎に帰ることになったんで挨拶をしに来たんだと……」

「他には話してないんだな」

「それだけです。番頭さんも納得した顔をしてました」

「そうか……」

それならまず大丈夫だろうと思った。

「明日、あの湯屋に行って来ますから、そしたらわかるかもしれません」

「そうだな」

そう応じた戒蔵だったが、床についてから心配になってきた。湯屋の番頭がお道のことを与力や同心に話せば、疑いを持つのではないだろうかと考えたのだ。

町方はまずは人を疑うのが商売だ。ひょっとすると、お道を待ち伏せする町方がいるかもしれない。

「お道……寝たか……」

暗い天井を見つめながら戒蔵は声をかけた。

「いいえ、まだ寝てませんよ。今夜は咳をしませんね」

「ああ、そうだな。……湯屋に行くことだが、明日はやめるんだ」

お道が寝返りを打って戒蔵のほうを向いた。なぜ、と聞く。

「他のことを考える。沢村の居場所を知っているやつは、他にもいるはずだ」

「……それじゃ、誰をあたるんです？」

「明日までに考える」

戒蔵はそう答えて目をつむった。

与力や同心以外に、沢村伝次郎の行方を知っている人間は誰だと考えた。

町の岡っ引き、ご用聞き、髪結《かみゆ》い、自身番に詰めている町役、沢村が贔屓にしていた料理屋……。

いろいろ浮かんできたが、誰が適当であるか決めかねた。そんなことを考えているると、お道が眠そうな声をかけてきた。

「旦那、この宿にはいつまでいるんです？」

「それか……」

枕許の有明行灯《ありあけあんどん》の芯がジジッと音を立て、表通りから犬の吠え声が聞こえてきた。

「この近くに小さな屋敷がある。明日、その屋敷の住人と話をして、そっちに移ろう」

戒蔵はその日会った赤尾弥一郎の顔を思い浮かべた。

「お屋敷ですか……」

お道がぽつんとつぶやいた。

翌朝、目が覚めると、戒蔵は夜具の上であぐらをかいたままお道にいいつけた。

「やはり湯屋には行かなくていい。それは後まわしにする。朝餉を食ったら八丁堀に行ってくれ。沢村が住んでいた屋敷はわかるな」

「ええ」

「八丁堀には通いの髪結いがいる。沢村が住んでいた屋敷の近所をまわっている髪結いを探して、そいつがどこに住んでいるか調べられるか」

「やってみます」

化粧気のないお道は顔色が悪く見えた。

「声はかけなくていい。そいつの住まいがわかったら、この宿に戻ってこい」

「わかりました」

六

利兵衛は昼会席を楽しむために、柳橋の料理茶屋「竹鶴《たけつる》」の二階に腰を据えていた。そこは大川に面した小座敷で、庭にある枝振りのよい大きな松が、景観に風趣《ふうしゅ》を添えていた。

あかるい日射しを照り返す大川は、小さな波をうねらせながら流れている。猪牙舟が流れに乗って下ってゆけば、空の屋形船《やかたぶね》が牛のようなのろさで遡上《そじょう》してゆく。下ってきた材木船もあれば、帆を下ろした高瀬舟《たかせぶね》の水押《みよし》が白波を作っている。

「川向こうの町屋の上にある、真っ青に晴れわたった空。そして、この清らかな川。さらに、窓のすぐそばにある松がたまらない。夏の夜には、この店から花火も見物できる」

利兵衛は満悦《まんえつ》な顔で銀煙管をくゆらせた。

「旦那、やはりここがあきらめきれないようで……」

茶を飲んだ精次郎が湯呑みを置いていう。

「わたしは端からここが気に入っていた。いろいろと他の店も見てきたが、やはりここが一番だ。そう思わないかね」

「そりゃあ、文句のつけようもありませんが、この店は厄介ですから」

利兵衛は灰吹きに煙管の雁首《がんくび》を打ちつけて、精次郎を眺めた。

「面倒だ、厄介だといっていたら、なにもできやしないよ。いい商売をはじめるときは、それなりの代償がつきものさ。これは無理だと折り合いをつけたら、なにもかもそれで終わりだ。譲れないという気持ちを捨てちゃ大きなことはできない」

「まったくおっしゃるとおりで……」

「それより」

利兵衛はパンパンと、大きく手を打ち鳴らして、女中を呼んだ。間を置かず廊下の端に控えていた女中がやってきて、敷居の前にひざまずいた。

「料理はあとでいい、店の主を呼んでくれないか」

「もうすぐ料理はあがってまいりますが……」

「いいから主を呼んでくれ。他でもない大事な話があるんだ」

言下《げんか》にいうと、女中はかしこまって下がっていった。

「旦那、申しておきますが、この店には大物がついているんですぜ。それを忘れちゃいないでしょうね」

「ふふ、精次郎さん、あんたは鉄火場《てっかば》をわたり歩いてきた人間ではないかね。ビクつくことはないだろう。腹を据えての話し合いをするだけだ」

利兵衛は冷めた茶に口をつけた。

この店のことは、初めて来たときに主の角右衛門《かくえもん》とかけ合っていた。そのときは体《てい》よく断られたが、今日は引くつもりはない。

しばらくして角右衛門がやってきた。物腰も表情もやわらかいが、目には警戒の色があった。四十半ばの背の高い男で、見映えがした。この男と店には後ろ盾《だて》があった。駒留《こまど》めの尹三郎《いさぶろう》という、浅草の博徒が一家の親分である。

「ご贔屓にありがとう存じます。それでご用は……」

「まあ、こちらへ。なに、長い話をするつもりはありませんので……」

角右衛門が用心深く部屋に入ってくると、精次郎が廊下側の襖《ふすま》を閉めた。

「この前来たとき、少し話をしましたが、どうにもこの店が気に入りましてね」

「ありがとう存じます」

「まあ、まわりくどいことはよして、はっきり申しましょう。角右衛門さん、この店をわたしに譲ってくれませんか」

利兵衛は目尻にしわをよせて、さっと表情をこわばらせた角右衛門を眺めた。

「あんたはまだ若い。商売もうまい。しかし、足りないものがある。わたしにまかせてくれれば、この店はもっと大きくなります。それだけではない、この柳橋界隈を江戸一番の花街《はなまち》にすることも夢ではない」

「譲れというのはどういうことでしょうか？　この前もそんなことを口にされましたが……」

角右衛門は挑むような目を利兵衛に向けた。

「そっくり譲れとは申しません。まあ、角右衛門さんには大番頭《おおばんとう》になってもらう。あるいは隠居をしてもらうということです」

「馬鹿な……」

吐き捨てるようにつぶやいた角右衛門は、短く笑って、

「本気で申されてるんではないでしょうね」

と、笑いを引っ込めた。

「冗談や酔狂《すいきょう》でこんなことはいえませんよ。あんたはこの店の主だ。だから、真面目な話をしているんです。もっともいろいろ都合もおありでしょうから、いますぐにというわけではありません。まあ、こっちとしては三月《みつき》ほど待つ腹ではありますが……」

「利兵衛さんとおっしゃいましたね。申しますが、この店を他人に譲るなどという考えは毛頭《もうとう》ありません。この店は先代から引き継ぎ、やっと落ち着いてきているのです。商売が左前になっているのであれば、そりゃ考えなければならないことですが、とてもとてもそんな話には乗れません。いくら口説かれても、無理なことです。どうか、料理を召しあがって楽しんでくださいませ」

「五百両ではどうです」

尻を浮かしかけた角右衛門は、利兵衛が口にした金額に目をまるくして座りなおした。驚いたのは角右衛門だけでなく、そばにいる精次郎もぽかんとしていた。

「この店の建物や売り上げを見積もっても、そんな金高《かねだか》にはならないはずだ。いま商売をやめれば、あんたは左団扇《うちわ》で、悠々と生きていける。商売に頭を悩ませることもない。悪い話じゃないと思いますがね」

「さっき、柳橋界隈を江戸一番の花街にするとおっしゃいましたが、いったいどういうことで……」

やっと話に乗ってきたかと、利兵衛は内心でほくそ笑んだ。

「角右衛門さんは、お上《かみ》の政《まつりごと》には疎《うと》いようですな。お上はいろんな難事を抱えています。ご老中《ろうじゅう》の中には、すぐにでも改革をすべきだという考えをお持ちの方がいらっしゃる。幕府は台所が苦しい。その立て直しにはいろんなことが行われるでしょう。いずれ、深川や上野、あるいは赤坂といったところにある岡場所は、取り締まられるでしょう」

「そんなことが……」

「ないとお思いですか。いや、きっとありますよ。昔もお上は台所が苦しくなると同じことをやりました。吉原《よしわら》がいまの場所に移ったのもそのひとつです」

「だから、このあたりが花街になると……」

「そうするのです。岡場所から追われた女たちを、ここに呼び集めて面倒を見るんです。色を売る枕芸者《まくらげいしゃ》ではない、芸のできる芸者を置きます。この地は便がいい。

文人墨客《ぶんじんぼっかく》も集めやすい。そんな人間たちがこの町の奥座敷に遊びに来る」

「………」

「この地は大川と神田川の交わる明媚《めいび》な場所。打ち水のされた通りに、女たちの色香が漂い、茶屋の奥から三味線《しゃみせん》や琵琶《びわ》のつま弾きが聞こえてくる」

「お待ちいただけますか。わたしは忙しい身です。お言葉ではありますが、お客様の夢語りを聞いている暇はありません。いまの話は聞かなかったことにいたしますので、このままお引き取り願うか、料理を召しあがってお帰りください」

利兵衛はふくよかな顔を紅潮させた。

「夢といったな。わたしのいうことは、無理だと思っているのだな」

「申しわけありませんが……」

角右衛門は膝をすって下がり、そのまま出て行こうとした。

「待て」

利兵衛がぴしゃりというと、角右衛門が辟易《へきえき》顔を向けてきた。

「手短に聞こう。この店を譲る気はないのだな」

「天と地がひっくり返っても、そんな気は起きません」

「それなら、起こさせてやろうではないか。あとで後悔しても知らぬぞ。五百両という破格の値をつけているのだ」

利兵衛は目に力を入れて、角右衛門をにらみつけた。

「お客様、見くびってはいけません。『竹鶴』の二代目・角右衛門は、小判の耳で頬《つら》を張られる男ではありません。失礼いたします」

利兵衛は部屋を出て行く角右衛門を見送ったあとも、閉まった襖を凝視していた。

「間抜けめ、これで引き下がると思ったら大まちがいだ」

吐き捨てた利兵衛はすっくと立ちあがって、帰る、と精次郎にいった。

「毒でも盛られたらことだ」

七

「音松、酒井さんと松田さんの調べが知りたい。あの二人もおれたちのことを心配しているはずだ。その旨を伝え、津久間の足取りがつかめたのかどうか聞いてきてくれ」

伝次郎は芝口橋《しばぐち》をわたり出雲《いずも》町《ちょう》に入ったところで指図した。

「承知しやした。それで旦那はどこにいます？」

「家に戻っている。いなければ、川政で待ってよう」

「それじゃひとっ走り行ってきます」

音松が去っていくと、伝次郎はそのまままっすぐ歩きつづけた。音松が久蔵や彦九郎にすぐ会えるとは思っていなかった。

町方の仕事は地味だが多岐《たき》にわたる。自分の助をしてくれた二人だが、もう別の事件に携わっているかもしれない。

しかしながら久蔵も彦九郎も、自分たちのその後を気にしているはずだ。音松が町奉行所に行って二人に会えずとも、八丁堀の屋敷に行けば、家のものが言付けを預かっているとも考えられる。

（日が暮れる前にはわかるだろう）

伝次郎は深編笠の先をちょいと持ちあげて、遠くの空を見た。

まだ日は高い。できれば湯屋に行って汗を流したかった。歩きづめで汗ばんでもいるし、ここ数日は髭《ひげ》もあたっていなかった。

足を急がせる伝次郎だが、帰ってくる道すがらやってきたように、すれちがう侍に目を配っていた。とくに女連れの侍に注意したが、津久間らしき男を見ることはなかった。

自宅長屋に帰りつくと、ほっと人心地ついたが、津久間に会えなかったのが悔やまれる。音松がやってくる前に湯屋に行こうと思ったが、その前に大事な舟を見に行くことにした。

手際よく常着に着替えて、芝翫河岸に足を向けた。猪牙舟はいつものところにちゃんとあった。河岸場に立ってそれをたしかめた伝次郎は、船宿・川政に目を向けた。客待ちをしている船頭が、舟着場でのんびり煙草を喫んでいた。

それを眺めてきびすを返すと、高橋をわたってこっちにやってくる男がいた。川政の主・政五郎だった。

「よお、どこに行ってやがった」

ぞんざいな言葉つきだが、顔は嬉しそうにほころんでいる。伝次郎も笑みを浮かべて、

「急な野暮《やぼ》用ができちまいましてね」

そう答えた。

「一日二日ならどうってことはねえが、三日も家を空けて、仕事を休んでるから心配していたんだ。だが、見たところなんてことないようだ」

「そりゃあ心配をおかけしました」

「なに、元気ならいいってことよ。そこを通ったらおまえさんの姿が見えたんでな。仕事には戻るんだろうな」

「そりゃもう……」

政五郎が雁木の石段に腰をおろしたので、伝次郎も横に並んで座った。以前からそうだが、政五郎といると安心する。それだけ、政五郎という男は懐が深いのだろう。それに、なにかと目をかけてくれるのが嬉しい。

「なにか変わったことはありませんか？」

伝次郎は煙草入れを出して、煙管に火をつけた政五郎に聞いた。

「なにもねえな。いつもと変わらないよ。それが一番いいんだろう……。野暮用ってのはなんだったんだ？」

「いいえ、たいしたことじゃありませんで……」

あまり深く聞かれると困るが、政五郎はよけいな詮索《せんさく》をしないし、他人の気持ちをよく察する男だった。

「困ったことがあったら遠慮なくいってくれ」

「政五郎さんは、いつも嬉しいことをいってくれます」

二人は黙って、小名木川を眺めた。米俵や塩樽を積んだ行徳船《ぎょうとくぶね》が高橋をくぐり抜けて、二人の目の前を通り過ぎていった。

「そういやァ、おめえさんが留守をしているときに、妙な男が訪ねてきた」

「妙な男……」

伝次郎は政五郎を見た。

「おめえさんの舟の客になったといっていた。たしか利兵衛といったか……。どっかの商家の主風情だったが、覚えてるか」

「なんとなくですが、覚えちゃおります」

音松を使って利兵衛の素性を探ったことは口にできない。

「おまえを探しているようだった。また出なおすともいってた。あの男はただもんじゃない。どこがどうだというわけじゃねえが……。それに連れがあった。こっちはおそらく筋者だろう。目つきがその辺のものとはちがっていた。精次郎といったっけ」

「どんな用だかいってませんでしたか？」

「それはいわなかった。気をつけたほうがいいかもしれねえな」

「気をつけましょう」

政五郎は煙管の雁首《がんくび》を石段の角に打ちつけて、灰を落とし、

「おめえさんの顔を見て安心した。それじゃおれは店があるから行くぜ」

といって腰をあげたが、すぐに言葉をついだ。

「そうそう千草さんだが、妙な客がついてるって噂だ」

「妙な客……」

伝次郎は立ちあがってつぶやいた。

「公助っていう『上総屋』という足袋問屋の番頭だ」

「あの男ですか」

伝次郎は政五郎の視線をはずして自分の舟を見た。

「なんだ知ってるのか。それなら話は早い。あいつは女房子供がいながら、千草さ

んに入れあげているそうだ。まあ、番頭といっても上総屋の跡取りらしいから、妾《めかけ》のひとりや二人は囲えるんだろうが、毎晩のように店に通って口説いてるってことだ」

「そんな噂が立ってんですか？」

「伝次郎、おめえにとっては穏やかな話じゃねえだろう」

政五郎がじっと見てくる。おれに誤魔化《ごまか》しは利かないという顔をしていた。このとき伝次郎は、自分と千草の心の通い合いを見透《みす》かされていたことを知った。

「ま、余計なことだった。気になるんだったら今夜にでも店に行ってみることだ」

政五郎はそういうと、背を向けて歩き去った。

(千草が口説かれている……)

伝次郎は胸の内でつぶやき、

「まさか」

と、声を漏らした。

結局、湯屋には行かず、体を乾拭《からぶ》きしただけで、音松を待つことにした。

考えるのは津久間戒蔵の行方であるが、千草のこともちらちらと心の隅で気にしていた。こんなときに、といつになくじれったさを感じた。

腰高障子に西日があたり、路地を流し歩く行商人や棒手振《ぼてふり》の姿が見られるようになった。

音松がやってきたのはそれから間もなくのことだった。

「やっぱり、津久間とお道という女の行方はつかめていないそうです。それで、酒井の旦那がお道の似面絵を作っていました。これです」

音松は懐からお道の似面絵をだしてわたした。

「さすが酒井さんは手まわしがいい」

そういって、似面絵を眺めた。年のころや顔や体の特徴まで添え足されている。

「それからあの家に、いざってことを考えて、しばらく見張りをつけてくれるそうです」

「それはありがたい」

じつは伝次郎もそのことを考えていたのだった。

「酒井の旦那も松田の旦那も、手落ちのないようにやるといってました」

「頭があがらねえな。それはおまえにもいえることだ」

「なにをおっしゃいます。みんな気持ちは同じじゃありませんか。それで、これからどうします？」

「手がかりを失ったいまは動きようがない。しばらくは様子を見る。おまえには付き合わせて悪かった。なにかあったらまた声をかけるから、そのおりにはよろしく頼む」

「旦那の役に立てるんでしたら、あっしはいつでも動きますよ」

「すまねえな」

音松が帰っていくのに合わせたように、日が翳った。

八

夕暮れ道を戒蔵は歩いていた。半町ほど先に赤尾弥一郎が歩いている。横町から道具箱を担いだ職人が出てくると、同じ路地に豆腐売りが入れちがいに入っていった。

その日、戒蔵は赤尾を尾けまわしていた。昨日は不覚をとったが、今日は気取られぬように細心の注意を払っていたので、赤尾は気づく素振りもない。

半日尾けたが、赤尾はとくに人に会うこともなく、ただ単に江戸の町を歩きまわっているだけだった。それに訪ねてくる客もいなかった。

下谷御成道《したやおなりみち》から佐久間河岸の広い道に出ると、赤尾は東に足を向け、和泉橋《いずみばし》の手前で立ち止まって少し迷ったふうだった。橋をわたらずに左に行こうとしたのだ。昨夜の居酒屋にでも行こうと思ったらしい。

だが、すぐに考えなおしたらしく、和泉橋にきびすを返した。そのまま家に帰るようだ。戒蔵は十分な距離をとって、赤尾を尾ける。

ついさっきまで日の名残《なごり》のあった空は、暗くなり、星が見えるようになった。そんな空を雁《かり》の群れが、西の空に向かって飛んでいた。

やはり、赤尾はまっすぐ自分の屋敷に戻った。戒蔵は小間物屋と瀬戸物屋の間の路地に身をひそめ、人通りが絶えるのを待った。その間にも夕闇は濃くなり、料理屋や居酒屋の行灯に火が入れられていった。

束の間だろうが、人通りが絶えた。戒蔵は、いまだと思って、暗がりから通りに出るとまっすぐ赤尾の屋敷の木戸門をくぐった。

咳が出ないように胸を押さえ、息を殺す。家の中にはあかりがつけられている。

戒蔵は刀の柄に手をあてた。すぐに斬るつもりはない。斬るのは話をしたあとだ。

被っていた深編笠を取ると、

「頼もう」

と、小さく声をかけた。

「誰だ？」

赤尾の声が返ってきて、屋内に動く気配があった。戒蔵は右手を刀の柄に添えた。

「沢村伝次郎だ。折り入って話がある」

戸の向こうに赤尾が立った。

「昨夜の男か。なんの用だ」

「相談がある」

「……相談だと」

「悪い話ではない」

短い間があって、ゆっくり戸が開かれた。

第四章　髪結い

一

「きさま、なぜこの家を……」

赤尾弥一郎は戸を開けはしたが、警戒心の勝った目を向けてきた。戒蔵は刀から手を離していた。

「その先で、たまたま見かけたのだ。それで、おぬしだったら頼めると思ったのだ」

「よく知りもしない男からの頼まれごとなど断る」

「待て」

赤尾が戸を閉めようとしたので、戒蔵はとっさに戸に足を入れた。赤尾は人を値踏みするような目で、戒蔵をにらんだ。

「おぬし、手許不如意《てもとふにょい》と見た。ちょっとした金儲けの話だ」

「金儲け……」

「話に乗ってくれれば金になる」

赤尾は目を細め、短く思案して、入れといった。

台所まで短い土間があり、左に六畳の座敷があった。その奥にも一部屋あり、台所の脇に三畳の居間があった。

赤尾と向かい合って座った戒蔵は、ざっと家の中を眺めて、

「女房子供はいないのか？」

と、聞いた。

「そんなことはおぬしの与《あずか》り知らぬこと。それより、相談とやらを手短に頼もう」

「ひとり暮らしなのだな」

「それがどうした。男やもめが悪いか」

戒蔵は内心でほくそ笑んだ。やはり赤尾はひとり暮らしなのだ。

「相談とはこの家をしばらく貸してもらいたいということだ」

「何故《なにゆえ》……」

赤尾は眉を動かして聞いた。

「ひと仕事しなければならぬ。その間、身をよせさせてくれたら助かる。金なら先に払っておく」

これでどうだと、戒蔵は懐から財布を取りだして、赤尾の膝前に置いた。

「五両ばかり入っている。仕事が片づいたあかつきには、もう五両足そう」

「どんな仕事をやろうとしているのだ？」

「それはいえぬ」

「だったら断る。よからぬ仕事なら、おれが迷惑する」

「迷惑はかけぬ」

「家を貸す貸さないは、どんな仕事か聞いてからだ」

赤尾は強情である。戒蔵はどうしようかと、短く考えた。ひと思いに斬ってもいい。

だが、刀は体の右に置いている。対する赤尾の刀は、背後の刀掛けにある。それも赤尾の左だ。

動けば、ほぼ同時に刀を抜くことになるだろう。後れを取れば、それまでで、危ない賭けだった。ここで余計な勝負をしてしくじるのは愚かなことだ。

「仇を討たなければならぬ」

「仇……」

「さようだ。大事な妻子を殺され、おれはここを斬りつけられた」

戒蔵は半分でたらめをいって、自分の眉間の傷を指さした。

「ようやくその相手が見つかりそうなのだ」

「そういうことであったか。それにしても妻と子を殺すとは、ひどい相手だ。なんなら助をして進ぜようか」

思いがけない申し出に、戒蔵は戸惑いつつも、そういう手もあったかと考えた。なにも自分ひとりで沢村伝次郎を始末する必要はない。助っ人があれば心強い。なにしろ、自分は胸を病んでいる。長い戦いになれば不利だし、咳の発作《ほっさ》が起きればことだ。

「助を……なるほど、おぬしは腕がありそうだからよいかもしれぬ」

「だったら詳しい話をしろ」

戒蔵は適当な筋書きを作りあげて、話してやったが、それはほとんど戒蔵と伝次郎の立場が逆転している話だった。

「そいつはむごいことをしやがる。許せぬ輩《やから》ではないか」

「いかにも。だから是《ぜ》が非《ひ》でも仇を討たなければならぬ」

「おぬしの気持ちはよくわかる。おれがおぬしでも、きっとそうする」

「では、頼まれてくれるか」

「よかろう。だが、あと五両足してくれるか。助太刀《すけだち》料だ」

「足許を見やがって……ま、いいだろう。それからもうひとり女がいる。こいつも仇を討つまでここに置いてもらう」

「お内儀《ないぎ》か？」

「そうではないが、よく世話をする女だから、おぬしも助かるはずだ」

「ふむ、いいだろう」

それから短いやり取りをして、赤尾が仕官《しかん》先を探していて、妻に逃げられたことがわかった。この家を訪ねてくるものもいないという。

「なにもかも承諾してくれるのだな」

ひととおりの話を終えたあとで、戒蔵はあらためて確認した。

「武士に二言《にごん》はない。まかせろ」

「では、明日のうちにこの家を訪ねてくるので、よしなにお頼み申す」

戒蔵は頭を下げた。

赤尾の家を出て、旅籠に帰る道すがら、いままで助太刀のことなど考えなかったが、

(これはいい按配《あんばい》になった)

と、勝手に納得し、これでよいだろうと思った。

旅籠の部屋に戻るなり、

「旦那、わかったわよ」

と、開口一番にお道が目を輝かせた。

「髪結いのことか」

「そうです。沢村という同心に重宝《ちようほう》されていたらしいわ。文吉《ぶんきち》という髪結いよ」

「髪結いが住んでいるところもわかったんだな」

「ええ、ちゃんとあとを尾けて調べてきました。新乗物町《しんのりものちょう》の蔵六《ぞうろく》という長屋よ」

「上出来だ。明日、そいつの家に行く。おれは顔がわからないから、おまえもいっしょだ。それから明日、この宿を出る」

「行き先が決まったんですね」

「赤尾弥一郎という貧乏御家人が、この宿からほどないところに住んでいる。おれに加勢《かせい》もしてくれる」

「加勢を……」

「助太刀をしてくれるということだ。それでおまえには、話を合わせてもらわなきゃならない」

「どういうことです？」

戒蔵は赤尾に話したことを、そっくりそのまま話してやった。

「それじゃ旦那は沢村伝次郎ってことに……」

お道はまるくした目をしばたたいた。

「余計なことはいわなくていいから、うまく合わせるんだ」

「そりゃあ、旦那のためだからやりますけど、話があべこべじゃない」

戒蔵は目を吊りあげてお道をにらんだ。

「文句でもあるのか。身を隠す家が見つかったんだ。嘘も方便というだろう」

「はあ……」

「飯を食う。下へ行ってもらってきてくれ。それから明日出て行くと番頭に伝えてこい」

戒蔵はお道にいいつけてから、着替えにかかった。

二

湯屋に行きこざっぱりとなった伝次郎が、久しぶりに「めし　ちぐさ」を訪ねると、板場で洗い物をしていた千草が慌てたように飛んできた。

「いったいどうしていたんです？　毎日家を訪ねたんですよ。それなのにいつも留守なので、心配していたんです」

千草は半ば嬉しそうだったが、咎《とが》め口調でもあった。そんなことをいえるのも、ちょうど客がいなかったからである。

「のっぴきならねえ野暮用ができちまったんだ。それに朝早く出かけなきゃならなかったんで、断れなかった」

「もう……気が気でなかったんだから」

千草は生娘《きむすめ》のように頬をふくらませて、伝次郎の袖を拗《す》ねたように引っ張った。

「申しわけなかった」

「謝られることはありませんけど……それで、つけるんですね」

「頼む」

伝次郎はいつもの小上がりの隅に腰をおろした。

「でも、急な野暮用ってなんだったんです？」

酒を運んできた千草が酌をしながら顔を向けてきた。

数日会っていないだけだが、妙になつかしかった。さっきは可愛く拗ねたが、いまは慎み深い顔をしていた。行灯のあかりを受けた頬やうなじの白さが目にまぶしいし、紅を塗ったばかりの唇はつややかだった。

「昔の仲間にちょっとした相談を受けて、断れなかったんだ。たいしたことじゃなかったんだが、まったく世話が焼ける」

伝次郎はうまくいい繕《つくろ》って、さも辟易《へきえき》したという顔をした。

「人付き合いはおろそかにできませんからね。なにか食べます？　いい栄螺《さざえ》と蛤《はまぐり》があるんです。栄螺は壺焼きに、蛤は酒蒸しですけど」

「もらおう」

「明日はお仕事？」

「怠けてばかりでは食っていけねえからな」

千草はひょいと首をすくめて板場に下がった。そこへ、為七《ためしち》という近所の畳職人が入ってきた。伝次郎を見ると、

「しばらくだね。ここにこれねえほど忙しいのかい」

と、気安く声をかけてくる。

「そんなことはねえけど、あれこれあるんだ」

「そうだろうよ。生きてるといろいろあるもんだ。おい、千草さん、おれにもつけてくれるか。なんだか表は冷えてきたから、熱くしてくれ」

あいよと、千草が応じると、為七が顔を近づけてきて、

「千草さん、なんだか浮かれてるだろう」

と、伝次郎に耳打ちをして意味深な含み笑いをする。

「男にいいよられてんだよ。勘ちがいするなというが、ありゃあまんざらじゃねえぜ」

為七は楽しそうに煙管に火をつけて、言葉を足した。

「相手は松井町の上総屋の跡取りだ。女好きのするいい男だから、千草さんも悪い気はしてねえようだ。もっとも相手にゃ女房子供がいるらしいが、金持ちだからね。千草さんだって囲われちまえば幸せだろう」

「為さん、なにこそこそ話してんの。余計なことはいわないでよ」

千草が酒を持ってきた。

「いってねえよ。男と男の話だ。なあ、伝次郎さん」

「ああ」

伝次郎は苦笑いするしかない。しばらくすると、為七は飲み仲間が来たので、そっちに席を移した。

伝次郎は栄螺の壺焼きと蛤の酒蒸しを肴に、ゆっくり盃を口に運んだ。久しぶりなので、酒が胃の腑に染みわたる。

為七は仲間と下《しも》がかった話をしては、げらげらと笑っている。それからほどなくして、また客がやってきた。

千草にいい寄っているという上総屋の跡継ぎで番頭の公助だった。ちらりと伝次郎を見ると、すぐ後ろの席に腰を据えて、酒を注文した。

千草は他の客と変わりなく応対をする。酒を公助のもとに持ってゆくと、

「あら、どこかで飲んでらしたの」

と、聞く。

「寄り合いがあって、そこでまずい酒を飲まされちまったんだよ。面倒だけど出ないわけにはいかないしね。それで、飲みなおしさ。さあ、千草さんも」

千草はいただきますといって、気さくに応じる。公助は香《こう》の物でいいから肴をくれという。それから千草は、為七のところに酒を運んだり、公助に新しく酒をつけたりと忙しく立ちはたらいた。

ときどきお幸《さち》という若い娘が手伝いに来るが、今日は来ていなかった。

「千草さん、こっちへ来てちょいと付き合っておくれまし。なんだか今日はやけに気疲れしちまってねえ、どうにもむしゃくしゃしてんだよ」

「あらあら上総屋の若旦那が、短気を起こしちゃいけないじゃありませんか」

「それじゃ慰めておくれ」

公助の馴れ馴れしい口の利き方が、めずらしく伝次郎の癇《かん》にさわった。だが、表情にはあらわさず酒を飲む。

その間にも、公助は千草に甘えるようなことをいったり、千草の着物の柄や化粧の上手さを褒めたりした。

歯が浮くほどの言葉ではないが、伝次郎としてはあまりおもしろくない。

「そうだ、今度わたしに着物を選ばせておくれまし」

「そんなの悪いわ」

「遠慮なんかいらないから、わたしにまかせてくださいな。そうだ、思い立ったが吉日《きちじつ》といいます。いつにします？　そうと決まれば早いほうがいい」

千草は間に合っているからいらないと、やんわりと断るが、公助は執拗《しつよう》に誘いをかける。

「だったらわたしが買ってくるから、今度はそれを着て見せてくださいな。でも、やっぱり二人で選んだほうがいいんだけどなァ」

背後の会話に黙って耳を傾けていた伝次郎は、盃をほすと、

「ご馳走さん」

といって腰をあげた。そのまま土間の雪駄を履いた。

「もう少しゆっくりしていったらどうです。久しぶりなんですよ」

千草が弱ったような顔を向けてきた。

「明日はいつもどおり仕事に出るから、この辺にしておく。では」

そのまま表に出ると、「待って」といって千草が追いかけてきた。

「伝次郎さん、気分悪くしたんじゃない」

「なぜ……」

「あの、若旦那のことよ」

「なにも気にはしてねえさ。おまえさんにとっては大事な客だ。むげにはできないだろう」

「そうなの。いらないといっても、いつも多めにお代を置いていってくれるし、いまじゃいいお客さんだから……」

「わかってる。早く帰ってやらないと、へそを曲げられちまうぞ」

伝次郎はそのまま背を向けた。

「明日、お弁当持っていきますからね」

千草の声が追いかけてきたが、伝次郎は黙って歩きつづけた。

三

普段どおりに起きた伝次郎は、いつものように神明社に行き稽古をした。朝の空気はまだ冷たく、吐く息が白くなった。木刀を振りながら頭の中を空っぽにする。ただひたすら稽古に集中するだけである。

素振りのあと、足さばきに気をつけながらの型稽古《かたげいこ》に移った。そのとき仮想の敵を見立てるのだが、津久間戒蔵の顔が脳裏に浮かんでくる。

いま頃どこでなにをしているのだろうかという雑念がわいた。ひょっとすると、あの道玄坂の先の家に戻っているのではないかと思いもする。そうであれば、見張りからの知らせがある。

そんなことを頭の隅で考えながら稽古を終えた。すでに朝日が昇っており、鳥たちがにぎやかにさえずっていた。

　家に帰る途中で、千草の店に目を向けたが、なにも変わったことはない。それに千草は店ではなく、近くの長屋住まいだ。その店の前を納豆売りが通り過ぎていった。

　家に戻って体を拭って、腹掛けを着込み、股引を替えた。二日以上は同じ物を着ないように心がけている。まめに洗濯しなければならないが、それにも慣れていた。路地や井戸端から、長屋のおかみ連中や子供の声が聞こえてきた。路地を駆けていく早出の職人の影が、腰高障子に映った。

　弁当を持ってくるはずの千草を待ったが、いつまでたってもやってくる気配がない。とうに来てもよさそうな時刻であるが、やけに遅い。

　なにかあったのではないかと心配になり、千草の家を訪ねてみようかと考えたが、そうすれば弁当を催促しているようで気が引けた。

　煙草を吸って小半刻ほど待ったが、やはり千草は来なかった。伝次郎は待つのをあきらめて、芝翫河岸の舟着場に足を運んだ。舟の底に淦《あか》がたまっていたのですくいだし、軽く雑巾掛けをした。

そばを通ってゆく川政の船頭が、棹をさばきながら声をかけてくる。伝次郎は気さくに応じて、舟を出すことにした。

客待ちをどこにしようかと、少し考えて、やはり神田川に行こうと決める。最近はそうすることが多い。佐久間河岸や柳橋の舟着場で客待ちをするのだ。

舫《もやい》をほどき、棹をつかみ、雁木の上を見た。やはり千草はあらわれない。伝次郎は菅笠の紐《ひも》をきつく結びなおしてから、棹先を岸にあてた。そのまま押せば、すいと舟は川中に進む。そうしようとしたときに、

「旦那、旦那」

と、息せき切って駆けてきた男がいた。酒井彦九郎の小者・万蔵だった。

「どうした？」

「うちの旦那が会いたがっています。このまま湊橋《みなとばし》まで行ってくれませんか。うちの旦那がそこで待っておりやす」

「なにかあったのだな」

「今朝湯屋に行って戻ってきたら、すぐに旦那を呼んでこいといわれたんです」

「よし、乗れ」

万蔵が乗り込むと、伝次郎は舟を出した。

「酒井さんの用件は？」

「それがよくわからないんです。とにかく旦那を呼んでこいといわれただけで……。ですが、津久間のことでなにかわかったんじゃないでしょうか」

そうであることを期待して、伝次郎は舟を急がせた。

湊橋のたもとに舟をつけると、彦九郎がすぐに舟着場の上に姿を見せた。もうひとりの小者・粂吉《くめきち》もいっしょだった。

「なにかありましたか」

伝次郎は舫をつなぎながら訊ねた。

「大ありだ。どうやら津久間はおまえを探しているようだ」

伝次郎は石段を下りてきた彦九郎を、さっと見た。

「今朝、湯屋に行ったら高座の番頭が妙なことをいうんだ。おぬしがどこでなにをしているか知らないかと。そんなことをなぜ聞くというと、おぬしに会いたがっている女が訪ねてきたという」

「おれにですか……」

「そうだ。なんでも昔世話になったから挨拶をしたいとな。はたらいていた店をやめて実家に帰ることになったらしい」

「女の名は？」

彦九郎は首を振ってから、話をつづけた。

「湯舟につかってそのことを考えていたんだが、ひょっとすると津久間といっしょにいるお道じゃないかと思ったんだ。それで急いで屋敷に戻り、番頭に似面絵を見せると、よく似てるといいやがる」

「番頭はいまのおれのことは知らないはずです」

「そうだ。だが、お道はまた訪ねてくるといったそうだ」

どうすると、彦九郎の目が問うていた。

伝次郎は日本橋川の上流に目を向けた。小舟町《こぶなちょう》の魚河岸から帰ってくる空の漁師舟が下ってきていた。

「番頭にいまのおれのことを伝えてもらいましょう。船頭だといわずに、小名木川の高橋そばの芝翫河岸ではたらいていると……」

「それでいいのか？」

「かまいません」

「一応湯屋の前には見張りをつけておく。お道があらわれたら、あとを尾けさせよう。おそらく津久間といっしょのはずだ」

「お願いします」

「それから、この前行った津久間の家には見張りをつけた。久蔵と直吉郎の手先を送り込んである。もし、津久間が向こうの家に戻るようなことがあったら、すぐに知らせが来るようになっている」

「なにからなにまですみません」

「伝次郎、津久間はおぬしを狙っているのだ。油断するな」

彦九郎はいつになく緊張の面持ちだった。

「油断もなにも、これで待っていた甲斐がありました。すると、津久間は江戸に、それもこの近くにいるということになりますね」

「おそらくそうだろう。とにかくお道があらわれたら、こっちのものだ。それで、おぬしとはどうやって連絡を取り合えばいい」

大事なことだった。船頭仕事をしていれば、連絡がつけにくい。

「川政という船宿は知ってますね。あそこにいることにしましょう。あの店の二階からだと、芝翫河岸を見張ることもできます」

「よし、決まりだ」

四

「すまぬが世話になる」

お道を伴って赤尾弥一郎の家を訪ねた戒蔵は、型どおりの挨拶をした。お道はいつになくかしこまっている。

「お道殿も沢村殿に同情されているわけだ。まあ、そう固くならずに楽にしてください」

赤尾はそれまでとはちがって、態度を和《やわ》らげていた。

「これは骨細《ほねぼそ》で華奢な女だが、こまめに動いてくれるし、気も利く。用があるときは遠慮なく申しつけられるとよい」

「よろしくお願いいたします。わたし、なんでもしますので……」

お道は丁寧に頭を下げる。

「まあ、見てのとおりの狭い家だ。いささか窮屈だが我慢してもらおう。それで沢村殿、そなたの仇のことだが、なんという名です？　昨日はそのことを聞きそびれておりました」

赤尾はお道に向けていた目を戒蔵に移した。

「津久見伊蔵《つくみいぞう》という男だ」

自分の名前をもじっただけだった。

「津久見、伊蔵……それで、そやつの居所はわかっておるんでしょうな」

「わかっておれば苦労はせぬ。だが、少なからず手がかりはある。それを頼りに探すだけだ」

「だったら手伝いましょう」

「いや、そこまでされては心苦しい。これはあくまでも拙者《せつしゃ》のこと。赤尾殿には、いざとなったときに助太刀をお願いしたい。それで十分です」

戒蔵は世話になる手前、少しだけ口調を変えていた。

「まあ、そなたがそういうのであれば……」

赤尾は引き下がるように湯呑みをつかんだ。

「今日も仇探しに出るが、帰りに酒でも買ってこよう」

戒蔵はそういって短く咳き込んだ。ひどい咳ではなかったが、赤尾が怪訝《けげん》そうな顔を向けてきた。

「沢村殿、先日もひどい咳をしていたが、胸でも患っているのではなかろうな」

「ご懸念あるな。ちょっと風邪をこじらせているだけだ。医者にもらった薬を飲んでいるので、そのうち治るだろう」

「……そうであればよいが、労咳《ろうがい》ならことだ」

「そんなことはない。さ、それでは出かけるとしよう」

戒蔵は差料《さしりょう》をつかんで、お道を促した。

「旦那、ちょっといいですか……」

赤尾の家を出てしばらくして、お道が口を開いた。菅笠の陰にある目に不安をにじませている。

「なんだ？」

「あの人は旦那の助太刀をするんでしょう。だったら、いざとなったときに旦那が嘘をいったのがわかってしまうんじゃ……」

「そのときになったらうまく話す。いらぬ気をまわすな」

戒蔵はそういいはしたが、正直なところ嘘に嘘を重ねてゆけば、いずれ辻褄《つじつま》が合わなくなることを懸念していた。赤尾は鈍感な男ではないようだから、あまりべらべらしゃべると不信を募らせるかもしれない。それに、長居をすることになれば、あれこれと過去のことを聞いてくるだろう。

嘘をつきつづけるよりは、ほんとうのことを話せば楽だが、そうすることはできない。いまのところ赤尾は協力者だが、真相を知ったら掌《てのひら》を返すかもしれない。そうならないように神経を使うしかなかった。

二人が向かうのは八丁堀だ。文吉という髪結いを探すためである。もっとも、戒蔵は八丁堀に足を踏み入れるつもりはない。この辺は用心が必要なので、材木河岸あたりの茶店でお道を待つつもりだ。

竜閑《りゅうかん》川をわたり、大横丁の通りをまっすぐ南に歩き、江戸橋をわたって本材木町《ほんざいもくちょう》一丁目まで来た。楓川に架かる海賊橋《かいぞくばし》をわたったその先が八丁堀だ。

「お道、おれはそこの茶店で待っている。髪結いの文吉を見つけたら、そこに来てくれ」

戒蔵はすぐそばにある茶店を示していった。

「見つけられなかったらどうします？」

「やつの家がわかっているんだ。そっちにまわるだけだ。さあ、行け」

戒蔵はお道をしばらく見送ってから、茶店の床几に腰をおろした。深編笠を被ったまま茶を注文し、河岸場や川向こうの町屋を眺める。雲は多いが晴れていて、空気も少し暖かくなっている。どこかで鶯が鳴いていた。

茶を飲みながら戒蔵は、赤尾を生かしておいたのはまずかったかもしれないと思った。だが、使い道はある。なにより自分たちを家に泊まらせてくれているのだ。それに助もしてくれるといっている。

問題は自分のついた嘘が見破られたときのことである。赤尾がどう出るかわからないが、とにかく沢村伝次郎を見つけるまでは、嘘を重ねるしかなさそうだ。ひと思いに殺してしまえば、厄介である。赤尾の知人が訪ねてこないともかぎらない。そうなるといいわけが面倒であるし、死体の隠し場所にも往生するだろう。

（いずれにしろ沢村を見つけるのが先だ）

自分にいい聞かせた戒蔵は、思考を中断した。目の前の河岸場で人足《にんそく》たちが、汗を流して舟から荷を下ろしている。

大きな風呂敷包みを背負った行商人が海賊橋をわたってゆけば、中間や小者などを従えた町奉行所の与力がわたってくる。そのあとから同心もやってきた。

戒蔵は深編笠の陰になっている目を光らせる。同時に胸がざわついた。ひょっとすると、自分の動きに気づいている町方がいるかもしれないと危惧するからだ。

(いや、そんなことはないはずだ)

だが、油断はできない。注意を怠れば墓穴《ぼけつ》を掘りかねない。

茶を差し替えてもらいお道を待ちつづける。その間に、町方の同心の姿を何度も見かけた。場所が場所だけに仕方ないが、遠目であってもにわかに緊張してしまう。

半刻ほどしてお道が急ぎ足で戻ってきた。

「どうだった」

「見つけました。もう仕事が終わったみたいで、与力屋敷を出てこっちにやってくるはずです」

息をはずませていったお道は、店の小女《こおんな》に茶を所望した。

戒蔵は海賊橋と川の反対側の河岸道に目を注いだ。髪結いなら鬢盥《びんだらい》をさげているからすぐにわかるはずだ。ところがそんな男が数人姿を見せた。

いずれも与力や同心の屋敷で仕事を終えたものたちだ。どれが文吉だろうかと目を光らせていると、お道があれがそうだという。海賊橋をわたってくる男だ。

小柄でひ弱そうだった。手にさげた鬢盥を持ちなおして、橋をわたると江戸橋のほうに向かった。

「お道、あとはおれにまかせておけ。おまえは帰っていい」

「どうするんです？」

「話を聞くだけだ。赤尾の家に酒でも買って帰るんだ。いいか、へたなことはしゃべるな。いろいろ聞いてくるだろうが、適当にごまかして、先にやつのことをいろいろ聞きだすんだ。さ、おれは行く」

戒蔵は床几から立ちあがると、文吉を追いはじめた。その姿はもう江戸橋に差しかかっていた。戒蔵は足を速めた。

五

「そこの髪結い」

と、戒蔵は呼びかけようとしたが、すんでのところで思いとどまった。文吉は魚河岸に立ち寄り干物《ひもの》を買うと、本小田原町《ほんおだわらちょう》から伊勢町《いせちょう》を通って中之橋をわたった。

あとを尾ける戒蔵は、声をかけたら顔を見られると危惧した。また、沢村伝次郎のことを聞けば、明日の朝与力や同心屋敷に行ったときに、そのことを話すだろう。

(それはまずい)

聞くだけのことを聞いて、殺してしまえばいいが、昼間は人の目が多すぎる。戒蔵はどうしようか躊躇った。お道を連れてくるべきだったかと、いまになって後悔した。

文吉は新乗物町にある自宅長屋に入った。戒蔵はしばらく表で待ってから、長屋の路地に足を踏み入れた。文吉の家の腰高障子に「髪結い 文吉」という字がかすれていた。戸は三分の一ほど開け放されていて、文吉の女房が干物を受け取って、

「あんた今夜はこれで一杯だね」

と、いっていた。

子供はいないのか？　そう思った戒蔵は、一度長屋を出てから同じ長屋から出てきた若い娘を追いかけて呼び止めた。

「なんでしょう」

振り返った娘は、背は高かったが、まだ十三、四と思われるあどけない顔をしていた。

「おまえさんの長屋に文吉という髪結いがいるな」

「ええ、いますよ」

「おじさんはちょいと頼んでみようと思っているんだ」

「文吉さんは、朝は忙しいけど昼からは暇みたいですから喜びますよ」

「文吉には子供はないのかな」

「いませんよ」

「そうかい。女房はなんという名だったかな……」

「お力《りき》さんです」

「ああ、そうだった。呼び止めて悪かったね」

娘はいいえといって歩き去った。

それを見送った戒蔵は、赤尾の家に戻ることにした。

文吉から沢村のことを聞くのはいいが、自分の存在を知られるのはまずい。沢村に気づかれないで、接近しなければならない。そして、うむをいわせずに斬り捨てる。

戒蔵の頭にはその計画ができつつあるが、肝心の沢村の行方を調べなければならない。

赤尾の家に戻ると、お道が座敷に雑巾をかけていた。赤尾の姿はない。

「あら、早かったじゃありませんか」

「赤尾はどうした？」

「ついさっき出かけていきました。帰りは夕方になるといってましたよ」

「そうか。お道、文吉の家に付き合ってくれ。やっぱりおれがやつにあれこれ聞くのはまずい。おまえに頼みたい」

「まったく二度手間じゃありませんか。わたしを帰すからですよ」

お道はまったくの女房気取りの顔で、前垂れをはずした。

お道を連れて文吉の長屋に引き返した戒蔵は、近くの茶店で文吉が表に出てくるのを待った。

「旦那、こんなことまでして沢村って人を斬りたいの……」

「馬鹿、めったなことを口にするんじゃない」

床几に座ったまま戒蔵は、お道を叱りつけた。さいわい近くには誰もいなかったので聞かれた心配はなかったが、もう一度、軽口をたたくなと注意した。

お道はひょいと首をすくめると、しおらしくうなだれた。

文吉はなかなか姿を見せなかった。代わりにお力という女房の姿を何度か見ることになった。文吉とちがって、ふっくらした体つきだった。知り合いのおかみと世間話をして、あかるく笑ったり、やってきた托鉢僧《たくはつ》に気さくに声をかけて喜捨《きしゃ》をしたりしていた。

戒蔵はそんなことを観察しながら、もし文吉を殺してしまえばどうなるかと考えた。当然町方は出てくる。だが、おれに気づくだろうかと考える。

もし、気づかれたとしても沢村の居所を知ってしまえばこっちのものだ。しかし、文吉が居所を知らなかったら、文吉を使う手もある。お力を盾にとって脅し、沢村の同心仲間から聞きださせるのだ。

文吉が表に姿を見せたのは、戒蔵とお道が見張っている場所を何度か変えた昼下がりだった。どこへ行くのかわからないが、すぐにお道に追わせた。戒蔵は間を置いてお道の背後についた。

しばらく行ったところでお道が文吉に声をかけた。どんなやり取りをするかは、文吉を待っている間によくいい含めておいたので、疑われはしないはずだ。

短いやり取りをした文吉とお道はすぐに別れた。お道が戒蔵のところに戻ってきて、

「沢村のことは知らなかったわ。どこでなにをしているかわからないって……」

戒蔵は下唇を嚙んで、忙《せわ》しく考えた。それから思いを決めると、お道を帰して、自分ひとりで文吉と話をすることにした。

文吉は近所の商家を訪ねただけで、すぐに長屋に戻っていった。途中で声をかけようとしたが、知り合いらしい女が文吉に話しかけてきたのであきらめた。しかし、気落ちすることはなかった。文吉は一度家に戻ると、鬢盥をさげて再び表に出てき

た。

　戒蔵は今度こそ逃さないと、しばらく行ったところで声をかけた。

「文吉というのはおまえだな」

　文吉はびっくりしたような顔を振り向けてきた。

「へえ、さようです」

「ちょいと相談がある。なに手間はかけねえから、ついてきな」

　そういって、近くにある空き地に連れ込んだ。

「いったいなんでしょう」

　文吉はやつれた戒蔵の顔貌に臆《おく》しているのか、おどおどしていた。

「おまえは沢村伝次郎の家に出入りしていたな」

「あ、はい。さっきも女の人にそんなことを聞かれましたが、いったいどういうことでしょう」

「沢村の居所を知りたいのだ。知っているなら教えてくれ」

「わたしにはわからないことです。沢村の旦那が御番所をやめられたのは、突然のことでしたから。奥さんたちは災難にもあわれましたし」

「おれは昔、沢村に世話になったものだ。どうしても居所を知りたい。おまえは八丁堀に出入りしている。沢村がどこでなにをしているか調べてもらいたい」

「な、なぜそんなことを……」

「いいからいうとおりにするんだ。だが、おれのことを与力や同心の屋敷で一言でもしゃべったら、おまえの可愛いお力という女房の命はないと思え。おまえもそうだ」

「そ、そんな……」

色白の文吉はすっかり青くなっていた。

「明日の午後、おまえの家に行く。そのときまでに調べておけ。いいな」

「わ、わからなかったら、ど、どうします」

文吉は恐怖にふるえたように、言葉をつっかえさせた。

「わからないってことはねえさ。知っている同心か与力は必ずいる。変な気を起こしたら、おまえと女房の命はないと思え。このことは女房にもいわないほうがいい。わかったな。……どうなんだ」

「あ、はい、わかりました」

文吉は泣きそうな顔で返事をした。

六

伝次郎は芝翫河岸に舟をつけると、川政の二階を見た。自分で見張りをせずに、音松にまかせていたのだ。音松が窓から身を乗りだして、戒蔵はまだあらわれないと首を横に振った。

自分で見張りをすれば、川政の船頭や政五郎がやってきて、あれこれ聞かれるのは目に見えている。その面倒を避けるために音松にまかせたのである。また、彦九郎や久蔵にも手を貸してもらっている。自分だけのんびり待ってはいられないので、自ら動いていたのだった。

その朝は薬研堀《やげんぼり》まで行き、日本橋界隈を流し歩いて、以前のように見廻りをしたのだった。もちろん目的は津久間探しである。いっしょにいると思われるお道の人相書きもあるので、女にも注意の目を向けた。

しかし、長い見廻りはできない。ときどき、芝翫河岸に戻ってきては、音松の見張りの結果をたしかめることにしていた。

舟をつなぐと、川政の二階に行った。音松は暇をもてあましているらしく、煙草盆の灰吹きがいっぱいになっていた。

「松田さんや酒井さんからの連絡もないか」

「なんの音沙汰《おとさた》もありません」

「すると、お道は湯屋にはまだ行ってないってことだな」

「津久間は追われる身ですから、それなりに知恵をめぐらしているんでしょう」

「そうだろうが、やつは近くにいるはずだ。居所がわかればいいんだが……」

「旦那、気持ちはわかりますが、焦らないでください。他の旦那たちも力を貸してくださってるんですから」

そういう音松を、伝次郎は感心したように眺めた。

「おまえも一人前の人間になったな。昔はどうしようもない与太公《よたこう》だったのに」

音松は元は掏摸だった。

「それをいわないでください。旦那に目こぼしを受けていまのあっしがあるんですから、それにもういい年です」

音松は照れ笑いをして、伝次郎に茶を淹れてくれた。

しばらく埒《らち》もない話をしながら、高橋通りや河岸道に注意の目を向けたが、気になる男女を見ることはなかった。

「それじゃ、おれは行くが頼むぜ」

伝次郎は一刻ほどで戻ってくるといって川政を出た。

舟を出すと、細川橋《ほそかわばし》をくぐって六間堀《ろっけんぼり》を北へ向かった。遡上する形なので、棹ではなく櫓を使ってゆっくり川を上った。

一定の調子で櫓柄《ろづか》を動かし、川沿いの道に目を向ける。伝次郎が腕を動かすたびに、ぎぃぎぃと、櫓が軋《きし》む音を立てる。

松井橋《まついばし》の手前に舟をつけて陸《おか》にあがった。朝は船頭の身なりだったが、一度家に帰り、着流し姿になっていた。不用心ではあるが、刀を差すのは控えていたので、その辺の町人となんら変わることはない。もっとも舟を操るときには、尻端折りをしていた。

両国東広小路に足を向けたが、その途中で上総屋という足袋問屋を見つけた。何度か店の前を通ったことはあるが、入ったことはなかった。

（ここがそうだったか……）

そう思って、何気なく店の中をのぞいたが、公助の姿は見えなかった。とくに敵《てき》愾心《がいしん》があるわけではないが、千草にいい寄っているのはやはりおもしろくない。

一ツ目之橋《ひとつめのはし》をわたり、本所尾上町から回向院《えこういん》前を経由して両国東広小路に出た。にぎわいは橋向こうの西広小路には負けるが、それでもかなりの人が集まっている。

見世物小屋や水茶屋の呼び込み、菓子屋の小僧の売り声などが交錯していた。筵《むしろ》に眉唾《まゆつば》物の骨董《こっとう》を並べているものがいれば、船宿の前で瓦版《かわらばん》を売っているものもいた。

伝次郎はそんな雑踏に目を向け、津久間とお道がいないかと目を鷹のように光らせる。

念のために大橋をわたり、西広小路も見てまわった。こんなことをやっても津久間には出会えないかもしれないが、それでもやらないよりはましだと、町方時代を思いだす。

探索には無駄がつきものだった。その無駄を面倒がると、思わぬ見落としがある。

伝次郎は、何度もそんな苦渋《くじゅう》を味わっていた。

「探索に無駄なことはなにもねえ。無駄だと思ったら、それで終わりだ」

定町廻《じょうまちまわ》り同心になり立ての頃、先輩同心によくいわれたことだった。

伝次郎は西広小路をひとめぐりして、また東広小路に戻り、尾上町の東側の通りを歩き、茶店に立ち寄ってしばらく往来を眺めた。

津久間に似た男を見るたびに腰を浮かしかけたが、人ちがいだった。あれから四年はたっている。ひょっとすると津久間は、太ったり痩せたりして顔つきが変わっているかもしれないと、そんなことを考えた。その可能性はあるのだ。

茶ばかり飲んでいるので、店の女の差し替えを断った。そのとき、ふと一方に千草の姿を見た。ひとりかと思ったが、そうではなかった。

上総屋の公助がいっしょだったのだ。伝次郎はそのまま黙って眺めていた。公助は店にいるときと同じで、千草にべたべたとくっついてはやたら話しかけている。千草もいやな素振りではなく、楽しげに笑ったりしていた。

公助は風呂敷包みを大事そうに持っていた。着物のようだ。昨夜いったことを早速実行したのかもしれない。伝次郎はかたい表情で二人を見送ったが、そのうち姿が見えなくなった。

その後、伝次郎は相生町《あいおいちょう》の河岸道を流し歩いてから舟に戻った。妙に気分がささくれ立っていたが、

（おれとしたことが、どうしたことだ）

と、自分をなじった。

芝翫河岸に戻って、舟をつけたとき雁木の上に人の影が立った。伝次郎が見あげると、利兵衛だった。そばには精次郎らしい男がついていた。

「伝次郎さん、もう仕舞いですか？」

利兵衛が声をかけてきた。

「今日は客は取らないので、他の舟を探してもらえますか」

伝次郎は舫をつなぎながらいった。

「舟に用があるんじゃありませんよ。伝次郎さん、あんたに用があるんです」

伝次郎はゆっくり顔をあげた。利兵衛はにこにこと笑っていた。

「ちょいと話をさせてくれませんか」

断りたかったが、とくに害のある男ではない。

「なんの話か知りませんが、先日の件でしたらお断りです」

「また別のことです。なに、悪い話ではありませんから、少しだけ暇をください」

伝次郎は一度川政の二階に目を向けた。気づいた音松が、首を横に振る。まだ彦九郎たちからの連絡はないようだ。

「いったいなんの話があるってんです」

伝次郎は利兵衛に顔を戻していった。

七

そこは、高橋の南にある料理屋の片隅だった。店の開店は夕刻だが、利兵衛は主に金をにぎらせ、一席あけてもらったのだった。

利兵衛は饒舌《じょうぜつ》だった。自分が大坂堂島で米相場を動かしていたこと。生まれ育った江戸に戻ってきて、人生最後の大仕事をしたいこと。人は夢を持って生きている。自分はそれをなくしたくないという気持ちを持って生きてきた。もっとも苦労は尽きなかったが、そのために人を見る目を養えたなどと、勝手に話しつづけ、

「伝次郎さん、いっしょに仕事をしませんか」

と、最後にいった。

利兵衛は柔和な顔を保っていたが、細められた目の奥には強い意志の光があった。

「いっしょにって、いったいあっしになにができるってんです。利兵衛さん、人を買いかぶっちゃいませんか……」

伝次郎はずるっと音をさせて茶を飲んだ。櫺子格子《れんじごうし》の表を見て、ちらりと津久間のことを考えた。そこへ利兵衛の声が被さったので、伝次郎は顔をもとに戻した。

「あんたは腕のいい船頭だ。それにどこにも雇われていない。自由が利く。剣術の心得も相当なもの。こうやって接しているだけで、あんたの胆力をひしひしと感じる。わたしにはわかるんです。相当腹の据わった人だと。それは並ならぬ修羅場をくぐり、苦労してきたからでしょう」

利兵衛がじっと見てくる。人の心中を見透かすような目つきだ。

伝次郎はこの種の人間とずいぶん接してきたが、利兵衛はなにかがちがった。どこがどうちがうのかわからないが、器の大きさを感じるのだ。それに、自分のことを調べているようだ。

(こいつ、おれのことをどこまで探ったのだ)

そんな疑問さえ浮かんだ。

「なにか大きなことをやるときには、それ相応の金が必要です。しかし、金だけじゃだめです。世の中の動きをよく読み、有能な人を集めなきゃなりません。目端《めはし》の利く知恵者、接待上手、そして腕っ節のある人間。伝次郎さん、わたしゃあなたという人を見込んで頼みたいんです」

「おだてられているようでくすぐったいですが、いったいなにをやろうってんです。それがよくわからないんです」

伝次郎は我知らず利兵衛の話に引き込まれていた。

「柳橋を江戸一番の花街に作り替えるんです」

「花街に……」

伝次郎は柳橋の町並みを思い浮かべた。芸者を置いた何軒かの料理茶屋はあるが、花街に結びつくような町ではないと思う。

「柳橋は場所がいい。目の前は大川、そばに神田川が流れている。そして、江戸のほぼ真ん中という場所です。花街といえば吉原や深川でしょうが、吉原は江戸の外れ、深川は川の向こうです。ところが柳橋はそうではない。花街にするには恰好の場所です。まずは文人墨客や高尚《こうしょう》な人の集まる店を造る。奥座敷にはきれいどころを用意する。風流人のための新しい船宿をもうける。ゆくゆくはその船宿を、伝次郎さんにおまかせしたい」

「わたしにですと……」

「冗談で話してるんじゃありませんよ。わたしは本気も本気、大まじめにそんなことを考えているんです」

伝次郎は利兵衛から、精次郎に視線を移した。精次郎は利兵衛の横に控えて、ずっと黙っていたが、目は常に伝次郎に向けられていた。

その目に敵意はないが、いつどう転ぶかわからない不気味さが感じられた。その精次郎が初めて口を開いた。

「伝次郎さん、旦那は夢物語を話してるんじゃありませんよ。まあ、縮めていえば、新しく大きなことをやるときには、なにかと邪魔が入るのが相場です。荒っぽい交渉ごとも起きるでしょう。そんなときに役に立つ人間もいなきゃならない。そういうことです」

伝次郎はまわりくどくない、精次郎の説明のほうがよっぽどわかりやすいと思った。

「つまり用心棒ってことですか……」

「当面の話です。いずれは船宿をまかせたいと、旦那はそう考えているわけです」

「江戸でもっとも上等な船宿を造るんです」

利兵衛が楽しそうに言葉を添えた。

「話はわかりました。まあ、頭に入れておきましょう」

伝次郎は腰をあげた。

「根まわしは着々と進めていますので、またあらためて相談に伺いましょう」

伝次郎はなにも答えずに、そのまま店を出た。なんだか現実味のない話を聞かされた気分で、ぴんと来なかったが、利兵衛は大まじめで考えているようだ。だが、いまの伝次郎には興味のある話ではなかった。

利兵衛と別れた伝次郎は、そのまま川政の二階にあがった。すぐに音松が顔を向けてきた。座敷には数組の舟待ち客もいた。

「さっきのは利兵衛って男では……」

音松がそう聞いてきた。

「そうだ、なんだか法螺《ほら》話を聞かされた気分だ。放っておきゃいいだろう。それで変わったことは……」

音松はなにもないといった。

「おれもあちこち見廻りをしてきたが、津久間の影も形もない」

伝次郎はそういって窓の外を眺めた。日は大きく西にまわり込み、低くなっている。西日を受けた小名木川が小波《さざなみ》を打っていた。

「日が沈むまでだな」

伝次郎は今日の見張りをそれで打ち切ろうといった。

「お道って女は、湯屋には来なかったんですかね」

「知らせがないってことはそうだろう」

伝次郎は茶請けのたくあんをつまんで、口の中に放り込んだ。

「いったいどこにいるんでしょう」

「うむ」

伝次郎は川向こうに広がる町屋を眺めた。日の翳りとともに、その景色がぼんやりかすんで見えた。日の暮れはもうそこまできていた。

「さあ、引きあげるか」

伝次郎がそういったとき、階段をばたばたと駆けあがってきた男がいた。酒井彦九郎の小者・万蔵だった。伝次郎と音松を見ると、かたい表情で足早に近づいてきて、

「旦那、津久間があらわれました」

と、いった。

第五章　境内の霧

一

小半刻後、伝次郎は南茅場町《みなみかやばちょう》の自身番で、酒井彦九郎・松田久蔵の二人と向かい合っていた。音松や万蔵ら小者は土間に控えていた。

話をするのは、酒井彦九郎だった。

「文吉という髪結いは知っているな」

「もちろん。よく使っていましたから。文吉がどうかしましたか？」

伝次郎は彦九郎の日に焼けたまあるい顔を見つめる。

「文吉が津久間に脅されたのだ。その前に、お道も文吉に会っている」

「それじゃ文吉からおれのことを聞きだそうと……」

「そういうことだ。だが、文吉はおぬしがいまどこでなにをしているか知らねえ。今日の夕刻に、文吉がおれの家に来たんだが、いつになく様子がおかしいので問いつめると、正直に話してくれた」

それは、こういうことだった――。

津久間に脅された文吉は、生きた心地がしなかった。最初声をかけられたときは、凶悪な人斬りである津久間戒蔵だとはわからなかった。しかし、脅されているうちに、以前、彦九郎らに見せられた人相書きと似面絵を思いだして、

(この男は……)

と、気づいた。そして、津久間が伝次郎の名を出したときに、確信した。だからといって、すぐに彦九郎や久蔵に告げることはできなかった。

告げ口をしたばかりに、殺されたらたまらない。津久間は自分だけでなく女房のお力まで殺すといったのだ。

相手は何人も人を殺している人間である。単なる脅しだとは思わなかったし、津久間が本気でいっているとわかった。

文吉は津久間に脅されたことを、お力に話そうかどうか迷った。だが、そうすればむやみにお力を怖がらせることになるだろうし、気丈《きじょう》な女だけに勝手に町奉行所へ走るかもしれないと危惧した。

文吉は悩んだ末に、酒井彦九郎を訪ねた。

「なんだこんな時分に、めずらしいじゃねえか。まあ、あがりな」

彦九郎はいつものように気さくな態度で、座敷に誘った。文吉は恐縮して彦九郎の前に座ると、緊張の面持ちで口を開いた。

「あの、ちょっと教えてもらいたいことがあるんです」

「なにをだい。朝やってくるのならわかるが、こんな刻限に来るってことはよっぽどのことだろう。まあ、遠慮せずにいいな」

彦九郎は余裕の体で、煙管に刻みを詰めて火をつけた。

「その、沢村様のことです」

「沢村って、伝次郎のことか……」

彦九郎は煙管を口につける手前で止めて、眉宇をひそめた。

「さいです。沢村の旦那にはずいぶん世話になっておりました。あんな不幸があってさぞやつらい思いをされているんでしょうが、御番所をやめられたあとはすっかり姿を見なくなりました」

文吉は彦九郎の屋敷を訪ねてくる間に、必死で考えたことを口にした。

「…………」

「いったいどこでなにをしてるんだろうか、気になりまして……。その、うちの女房とも、そんなことを話しておりまして、一度会いたいと思っているんです」

文吉は暑くもないのに、額に汗を浮かべていた。

「なぜ、いまごろそんなことをいいやがる。もっと早くにいえば、まあわからねえでもねえが、もうずいぶんたってるんだ。それになぜおれに、そんなことを……」

「酒井の旦那は、沢村の旦那と親しくされてましたから、旦那に聞けばわかると思ったんです」

そういう文吉を、彦九郎は煙管をくゆらしながら凝視した。文吉にはそれがずいぶん長く感じられた。

「妙なことをいいやがる。それに文吉、なんだかそわそわと落ち着かないようじゃねえか。え、そんなことを訊ねに来たのにはなにかわけがあるんだろう」

「いえ、ただ沢村の旦那のことを知りたいだけで……」

「おかしいじゃねえか。だったら今朝聞けばよかっただろう。それに明日の朝でもかまわねえはずだ。それをわざわざ、日の暮れ近くなってから訪ねてきやがるとは……」

「そ、そりゃまあ、そうですが……」

「文吉、おれを誰だと思ってやがる。おりゃあ、御番所の同心だ。それにおめえとも長い付き合いだ。おれに嘘をいったり、誤魔化したりしたら承知しねえぞ」

文吉はごくりと音をさせて生唾《なまつば》を呑み込んだ。来たのはまちがいだったと後悔したが、もはや後の祭りだった。

「まさか、津久間戒蔵に脅されたんじゃねえだろうな」

ずばりと脅迫者の名前が出たので、文吉は泣きそうな顔になった。もう誤魔化せないと思いもした。

「そうなのか、文吉！」

彦九郎が煙管を煙草盆に打ちつけて、片膝を立てたので、文吉は「ひぇ」と、情けない声を漏らして後ろ手をついた。

「いいます。旦那、ご勘弁を。じ、じつは、そうなんでございます」

「それから、どんなふうに脅されたか、事細かに話してくれた。まあ、相手が相手だ。文吉は心底震えあがったんだろう。とにかくおぬしがいまどこでなにをしているか、どこに住んでいるかを聞きだしてこいと脅されている。もし告げ口などすれば、女房共々命はないとな」

彦九郎はそういって茶を飲んで唇を湿らせた。伝次郎は息を詰めたような顔をしてその話を聞いていた。

「それで、文吉にはなんといったんです?」

「それをおぬしに相談しようと思って、ここに来てもらったんだ」

「文吉の家の近所には見張りをつけている。おれたちが出張《でば》って津久間に気づかれたらことだから、わざわざここで相談しているってわけだ」

久蔵が言葉を添えた。

伝次郎は膝許に視線を落として、しばらく考えた。誰もが伝次郎の言葉を待つように、沈黙していた。

「津久間は明日、文吉を訪ねてくるんですね」

ゆっくり視線をあげた伝次郎は、彦九郎を見た。

「そういうことになっているらしい」

「では、文吉に正直に話してもらいましょう。おれがどこでなにをしているかってことを……」

「それでいいのか?」

「向こうからやってくるんです。望むところです」

「町中で斬り合うことになるかもしれねえぜ……」

久蔵だった。これにも伝次郎は、短く沈思《ちんし》して答えた。

「場所を選んで呼びだすような策を弄《ろう》すれば、津久間が気づくかもしれません。今日まで待ったんですから、逃がしたくはありません」

彦九郎は久蔵と顔を見合わせてから、

「よし、それなら明日の朝、文吉に正直なことを教えよう」

と、きっぱりといった。

「お道という女は、結局は湯屋に来なかったんですね」

伝次郎はゆっくり湯呑みをつかんで訊ねた。

「今日は姿を見せなかった。おそらく津久間は二段構えなんだろう。文吉がおぬしの居所を知ることができなかったら、そのときお道を湯屋に差し向けようという魂《こん》胆《たん》なのかもしれねえ」

「明日は、文吉が津久間の手にかからないような配慮をお願いできますか」

「ぬかりはねえさ」

伝次郎の心配を、久蔵が自信ありげに請け負った。

二

みんなと別れたあとで、伝次郎は音松と深川佐賀町《さがちよう》の飯屋で、遅い夕餉を取った。伝次郎は音松に酒を飲ませたが、自分は控えた。

「旦那も少しは……」

音松が遠慮がちに酒を勧める。

「気にするな。舟に乗るときは、飲まないことにしているんだ」

「帰るだけじゃありませんか」

「たかが川だと甘く見ちゃならねえ。それに川は暗くなっている。勝手にやってくれ」


伝次郎は飯をかき込んだ。

「明日、津久間は文吉に会いに来るでしょうか？」

「おれのことを調べているんだ。当然だろう」

「そのとき、津久間を押さえることができたらいいんですが……」

そうすれば伝次郎は、津久間と剣を交えなくてすむ。誰もがそれを望んでいた。だが、津久間が捕縛の網を逃れることもある。そのために、彦九郎と久蔵は、文吉に接近した津久間を捕らえることに神経を使わなければならなかった。むやみに手を出したばかりに逃げられたら目もあてられない。

「こういったことは、蓋を開けてみないとわからないからな。さあ、おれは引きあげよう。おまえはもう少しゆっくりしていけばいい」

「それじゃ申しわけないです。送ってもらったうえに、付き合ってもらってるんです」

「なにをいってやがる。付き合わせているのはおれのほうだ」

伝次郎は勘定を頼み、余分に金を払い、音松にもう一本酒をつけさせ、そのまま中之橋のたもとにつけた舟に戻った。

音松が追いかけるように店から出てきて、

「気をつけてお帰りください。あっしも明日は見張りをしますんで……」

と、深々と腰を折って、見送ってくれた。

「うむ」

伝次郎はそのまま舟を出して、大川をゆっくり上った。川は深い闇につつまれていた。冷たくなった川風が頬をなでてゆく。

星月夜《ほしづきよ》なら見通しが利くが、空には雲が広がっていた。舟提灯は舟のそばしか照らしてくれないので、操船は慎重だった。軋む櫓の音が闇に吸い取られる。

伝次郎は文吉の尾行も考えたが、久蔵と彦九郎に反対をされた。

津久間はどんな手段で文吉に接近するかわからない。久蔵と彦九郎らが考えている裏をかく可能性もあるからだ。

よって、伝次郎はあくまでも普段どおりに行動するだけである。

万年橋をくぐると、棹に持ち替えていつもの舟着場に舟をつけて陸にあがった。靄《もや》っているのか、町屋のところどころにあるあかりがぼやけていた。

自宅長屋に帰ると、買い置きの酒をぐい呑みについで、ひと息ついた。

（明日には……）

伝次郎は行灯を凝視した。

やっとこれまでの無念を晴らせるときが来たという感慨が胸の内にある。しかし、まだ安心はできない。

煙草盆を引き寄せ、煙管に刻みを詰めたとき、路地に足音がひびいた。それは伝次郎の家の前で止まり、すぐに声がかかった。

「伝次郎、おれだ」

声で、中村直吉郎だとわかった。年は上だが、伝次郎の元朋輩である。

「開いてます」

伝次郎が返事をすると、直吉郎が腰高障子を引き開けて入ってきた。鋭い切れ長の目は相変わらずだが、口の端に微笑を浮かべていた。

「息災《そくさい》であったか」

「おかげさまで……なにかありましたか？」

「うむ」

直吉郎は微笑を消して、上《あ》がり框《かまち》に腰掛けた。

「津久間が泊まっていた宿がわかった」

伝次郎は表情を引き締めた。

「通旅籠町の恵比寿屋という宿だ。だが、もう引き払っている。行き先は不明だ。しかし、あの近辺に津久間はひそんでいるはずだ」

「いつまでいたのです？」

「宿を払ったのは今朝だ。お道という女もいっしょだったのがわかった」

どうやら直吉郎は、旅籠に聞き込みをかけてくれたようだ。

「もう少し早くわかっていりゃ、捕まえられたんだが、一足ちがいだった」

「中村さんにまで手を煩《わずら》わせてすみません」

「なにをいいやがる。あたりまえのことだ。松田さんや酒井さんが目の色を変えて動いているってェのに、おれはなにもできないんだ」

「厄介な役目を受け持っていると聞きましたが……」

「まだ片づかないんだ。それで手が放せなくてな」

「役目が大事なのは重々承知です。津久間のことはおれたちにまかせてください」

「悔しいがそうするしかない。松田さんと酒井さんから話は聞いてるが、ぬかるなよ」

「長年待っていたんです。逃がすつもりはありません」

「それにしても、おれたちゃ、おめえに苦労ばかりかけちまっている」

「苦労なんて思っちゃいませんから……」

伝次郎はそういって酒を勧めたが、直吉郎はまだ仕事があると断った。追っている下手人の手がかりをやっとつかんだので、見張りをしているらしい。

「それなのにわざわざ……」

「気にすることはない。さて、おれは行かなきゃならねえ。今夜のうちにおれのほうが片づけば、手を貸す」

直吉郎はそういうと、すっくと立ちあがった。

「伝次郎、なにもかも片づいたら、ゆっくり酒でも飲もうじゃねえか」

「喜んで」

三

翌朝は強い海風が吹いた。

伝次郎はいつものように、長屋を出て神明社へ稽古に行ったが、手にしたのはいつもの木刀ではなく、真剣だった。

呼吸を整え、ゆっくり素振りから入り、型稽古を繰り返した。

風が境内の木々を強く揺らしていた。鳥たちもいつものさえずりをやめているようだ。代わりに鴉が鳴き騒いでいた。

伝次郎は撃ち込みの際の足運びと、腰の入れ具合、そして太刀筋を何度も確認した。そうやって斬り合いの感覚を呼び覚ますのである。

斬り込むときは、切っ先から三寸下の〝物打ち所〟でなければならない。そして、相手を一尺八寸まで呼び込んでの刃圏《やいばけん》を見切る。このとき大事なのは呼吸と間である。

撃ち込みが弱ければ隙ができ、反撃される。それを防ぐには、相手と体をぶつけ合ってもよいから、一気呵成《いっきかせい》の強い撃ち込みをしなければならない。よって、軸足の蹴りがものをいう。伝次郎は何度もその稽古を繰り返して、境内を離れた。

強かった風はいつしかおとなしくなっており、朝靄も払われていた。朝の早い行商人と何度かすれちがって長屋の路地に入ると、家の前に弁当包みを持った千草が立っていた。

「おはようございます」

千草がぎこちなく挨拶をしてくる。

「すまねえな。いつも……」

伝次郎はゆっくり近づいていった。

「昨日はこられなくてごめんなさい」

「気にしていないさ」

「上総屋の若旦那に、勧められたお酒が過ぎたんです。自分でも情けなくなりました。これを……」

伝次郎は千草の差しだした弁当を見ただけで、すぐには受け取ろうとしなかった。

「いつも無理をしているんじゃないか。遅くまで仕事をして、早起きしているんだ」

「わたしは好きでやっているんですから、そんなことといわないでください」

「いいから入れ」

伝次郎は長屋の住人の目を気にして、千草を家の中に入れた。そのまま狭い三和土《たたき》で向かい合う恰好になった。

「怒っているのですか……」

千草が不安そうな顔で見あげてくる。

「なにを怒る。おれはいつもと変わらない」

「いいえ、伝次郎さん、いつもとちがうもの。上総屋の若旦那のことを気にしているんだったら、とんだ思いちがいです。若旦那は贔屓にしてくれているだけで、わたしはなんとも思っていませんから」

伝次郎はため息をついて、首を振った。

「朝からこんな話はしたくない。弁当はありがたく受け取っておくが、明日からは無理をしなくていい。わかったな」

「………」

千草は悔しそうに唇を噛み、伝次郎を短くにらむように見ると、そのまま家を出て行った。その足音が徐々に遠ざかり聞こえなくなった。

伝次郎は受け取った弁当を見て、小さく嘆息した。

弁当の包みにはぬくもりがあった。それが千草の厚意だとわかっているから、なんだか胸苦しくなった。

(おれも大人げないことを……)

伝次郎は苦笑を浮かべたが、千草への思慕《しぼ》を断ち切るように気を引き締めた。いまは些事《さじ》にとらわれている場合ではない。

小半刻後、伝次郎は自分の舟に乗り込んでいた。

船頭のなりは、いつもと変わらないが、足に脚絆を巻き、腕に手甲をつけ、船頭半纏に襷をかけた。足許には、菰で巻いた愛刀を置いている。今朝の稽古の行き帰りもそうしていたのだった。

河岸道には人の姿が目立つようになっていた。小名木川を行き交う舟もあるし、舟着場では荷下ろし作業がはじまっていた。

そばを通って大川に向かう川政の船頭たちが、いつものように挨拶をしてくる。

伝次郎も常と変わらずに挨拶を返す。

空には雲が二層にわかれていた。高層の雲は動かずにいるが、その下を勢いよく流れている雲があった。

舟を出した伝次郎は、柳橋をめざした。客待ちをしながら、河岸道を見張ろうと考えていた。津久間が通旅籠町の旅籠にいたことはわかっている。その後の足取りはわかっていないが、伝次郎は近くにいるとにらんでいた。

日髪日剃《ひがみひぞ》りは、一般の武士には出費が伴うのでなかなかできないが、町奉行所与力・同心にはその特権があった。

そのために八丁堀には、朝早くから髪結いたちが通ってくる。髪結いたちにはそれぞれに訪ねる屋敷があり、順繰りにまわっていく。文吉もいつもと変わらずに、八丁堀に〝出勤〟していた。手には、毛受け・鋏《はさみ》・剃刀《かみそり》・櫛・元結《もとゆ》い・鬢水《びんみず》などを入れた鬢盥をさげている。これは引き出しのついた長方形の箱である。

最初に訪ねるのは出勤の早い同心屋敷だ。この日は、松田久蔵の家をまず訪ねた。

家を出たときから、心の臓が大きく脈打っていた。津久間がいつどこからあらわれるかわからないからである。

松田久蔵の屋敷に入るまで、文吉は生きた心地がしなかった。先の路地からあらわれるのではないか、後ろから急に声をかけてくるのではないかと気が気でなかった。

「はあ、まったくこんなおっかない目にあうのは懲《こ》り懲《ご》りです」

久蔵の前に座るなり、文吉は正直な愚痴をこぼした。

「心配するな。おまえのことはちゃんと酒井たちが見守っているんだ」

「そんなことおっしゃっても、どこで見てくだすっているのかわからないんです。急に津久間が出てきたらどうしようかと、冷や冷やのしどおしなんですから……」

「やつがおまえを手にかけることはないはずだ。やつの狙いはあくまでも伝次郎なのだからな」

「へえ。そうおっしゃっても、こんなことには慣れていないんで、平気な顔はしてられませんよ」

文吉は中間が持ってきてくれた盥を受け取って、剃刀をつかんだ。

「津久間が来たら、昨日教えたことをそっくりそのまま話せばいい。やつがおまえに手を出すことはない。あとはおれたちにまかせておけばいい」

「旦那はそうおっしゃいますが、わたしの身にもなってくださいな」

久蔵は文吉の小心さにあきれたように、短く笑った。

「そう愚痴るな。おまえの身はおれたちがしっかり守ってやる」

そういわれても、文吉は心配でしかたなかった。

四

文吉が久蔵の屋敷に入ったのを見届けた酒井彦九郎は、自宅屋敷の裏木戸から家の中に入ると、そのまま土間を通り抜け、玄関脇の小座敷に控えた。

いつもの同心の身なりではない。楽な着流しに無紋の地味な羽織を引っかけているだけだ。この日が非番ということもあるが、同心のなりでは人目につきやすいし、津久間に気づかれるおそれがあるからだった。

中間の甚兵衛《じんべえ》が茶を運んでくると、

「直吉郎からなにか知らせはないか」

と、聞いた。

「なにもございません」

「そうか……」

彦九郎は茶に口をつけた。

中村直吉郎は臨時廻り同心らと組んで、下谷《したや》長者町《ちようじやまち》の商家に押し入り、主一家を惨殺し、売上金を盗み去った賊を追っていた。

昨日、手がかりがつかめたので、早く片づくかもしれないといっていた。そうなれば、津久間戒蔵の捕縛に手を貸す予定であるが、どうやら事件解決にはいたっていないようだ。

彦九郎も直吉郎も、そして松田久蔵も伝次郎に救われた同心だった。この四人は、武士町人などかまわず辻斬りを繰り返し、江戸市民を震撼《しんかん》させた凶賊・津久間戒蔵捕縛の任にあたっていたが、あわやというところで取り逃がし、その責任を取らなければならなかった。その因《もと》は、追いつめられた津久間が逃げ込んだのが、幕閣内でもうるさ型で知られていた大目付・松浦伊勢守の屋敷だったからである。

町奉行所は旗本屋敷はいうに及ばず、武家地や寺社地での捜査権は認められていない。もっとも、他の旗本屋敷だったら、捕縛しようとした相手が相手なので、咎められることはなかったはずである。

しかし、松浦伊勢守はあくまでも規約にこだわり、老中に注進すると同時に、南町奉行・筒井和泉守政憲《つついいずみのかみまさのり》に捕り方の責《せき》を厳しく問うた。

伊勢守は、町方の捕縛相手が極悪の人斬りであっても、自宅屋敷で騒ぎを起こされたことが気にくわなかったのである。

そして、この責任を取ったのが、一番年若の伝次郎だった。古参の彦九郎や久蔵が止めに入り、その身代わりになろうとしたが、すでに伝次郎はすべての手続きを終え、町奉行に退任の認めを受けていた。

そういった背景があるので、彦九郎や久蔵は伝次郎に強い恩を感じていた。それに伝次郎は、津久間に妻子を殺されてもいる。

津久間戒蔵があらわれたいまは、じっとしていることができない。

その気持ちは他の役目に就いて身動きできない中村直吉郎も同じだろうが、こればかりはいかんともしがたい。

しかし、彦九郎も久蔵も直吉郎の忸怩《じくじ》たる気持ちを理解していた。それに、直吉郎は自分の手先を使って、渋谷道玄坂の先にある津久間がひそんでいた屋敷の見張りをさせているし、昨日は、津久間とお道が泊まっていた旅籠をも割り出していた。残念なことにその後の足取りはつかめていないが……。

来《こ》し方に思いを馳せていると、万蔵がやってきた。

「どうだ？」

「へえ、まだ姿は見えません」

万蔵は土間に立ったまま報告した。

「文吉はもうすぐ久蔵の屋敷を出る。そのあとは与力の山田《やまだ》様の屋敷にまわる。こっちのほうはすでに手を打ってあるから、文吉の身を心配することはねえだろう」

「文吉の長屋の近くには、いつ見張りをつけます？」

「心配いらねえ。もうとっくの昔につけてある。他のことで身動きの取れねえ直吉郎が、人手を割《さ》いてくれた」

「それじゃ中村の旦那は、まだ手を焼いている一件が片づいていないってことですね」

「おれたちゃ、そっちの心配をすることァない。あくまでも津久間を捕まえるだけだ。しかし、津久間は八丁堀には入ってこねえだろう。文吉に近づくとすれば、八丁堀を出たあとだと思われる。その前に、やつを見つけられればいいが……」

「そうですね。それじゃあっしは見張場に戻ります」

「ぬかるな。津久間じゃなく、お道って女がやってくるかもしれねえからな」

一度お道が訪ねた茅場町の湯屋にも見張りはつけられていた。だが、彦九郎は、お道があらわれても、そこで身柄を拘束しろという指図は出していなかった。お道を捕らえてしまえば、津久間が警戒して行方をくらます可能性があるからだった。もし、お道が湯屋にあらわれたら、その行き先を突き止めるだけでよいと、彦九郎は手先に命じていた。

彦九郎は万蔵が去っていくと、湯呑みに口をつけて、

（これで手抜かりはないはずだが……）

と、自分と久蔵で考えた作戦に、漏れはないだろうかと思案した。

縁側の障子がうっすらとあかるくなった。さっきまで曇り空だったが、どうやら日が出てきたようだ。そう思った彦九郎は、文吉の警護をするために、与力の山田

邸に行くことにした。

五

戒蔵は文吉に会わなければならなかった。だが、そのことに待ったをかけることがあった。ここ二、三日、ひどく咳き込むことはなかったが、その朝喀血したのだ。そのために一刻《いっとき》ほど横になって体を休める必要があった。

お道は慣れているので、甲斐甲斐《かいがい》しく介抱してくれたが、驚いたのは赤尾弥一郎だった。

「おい、大丈夫なのか？　血を吐いたぞ」

赤尾は、荒い息をしながら背中を波打たせ横になっている戒蔵と、介抱するお道を交互に見ていった。その顔に不安の色が刷《は》かれていた。

「心配いりません。すぐに治りますから」

お道は台所に行き、白湯と薬を持ってきて戒蔵に飲ませた。その様子を赤尾は黙って眺めていたが、戒蔵の病に疑いをかけた。

「沢村殿、そなたは風邪だと申したが、ほんとうはもっとひどい病ではないのか。胸を病んでいるのではないか……」

「風邪をこじらせているだけです」

心配させまいとお道が代弁する。

戒蔵はだいぶ楽になったが、血を吐くたびに体力を消耗している自分に気づいていた。余計なことを考えずに、じっとしていることにつとめた。そうやってしばらくすれば、常と変わらず動けるようになるのだ。

「医者に診せたといったが、医者はなんといっていた?」

赤尾はあくまでも疑ってかかる。

「胸を病んでいるなら労咳ではないか。もし、そんなことならうつるんじゃないか」

「……うつるような病じゃありませんよ」

「労咳病みならとんでもないことだ」

そういう赤尾を、戒蔵は横になったままじろりとにらんだ。咳をしたので目が充血したように赤くなっていた。

「もし、拙者が労咳病みだったらたたき出すとでも……」

「そうならば出て行ってもらうしかあるまい」

「心配しないでください、旦那はそんな悪い病気じゃありませんから。もし、そうだったらとっくに、わたしにうつっています」

お道の言葉で赤尾は黙り込んだが、しばらくするとまた口を開いた。

「そんな体で仇討ちなどできるのか。おれは助太刀をするといったが、当人がそんな按配ではなんとも心許《こころもと》ないことだ」

戒蔵もお道も黙っていた。しばらく家の中に重苦しい沈黙が漂った。

「いらぬ心配だ。これでも剣の腕は衰えちゃいない。それに無理に助太刀を頼むつもりもないんだ。気が乗らなければ、助太刀無用だ」

「返り討ちにあってもよいのか」

「その腹づもりはとうにできている。だが、無駄死にをするつもりはない。いざとなったら刺しちがえるだけだ」

戒蔵はそういって、ゆっくり半身を起こした。

気分は治まっていた。いらぬ問答で体力を消耗したくなかった。

「出かけてくる。赤尾殿、あと一日か二日世話になるだけだ。迷惑だろうが、堪えてくれ」

戒蔵にしてはめずらしく殊勝《しゅしょう》なことをいって、頭を下げた。いまは忍の一字で、そうするしかなかった。他に行き場がないのだ。

朝起きたときは曇っていたが、いまは雲の裂け目に青空がのぞいていた。遠くの町屋に筋条の光の束が射している。

（くそ、こんな体でさえなければ……）

戒蔵は歩きながら自分の体を蝕《むしば》んでいる病魔を呪った。

だが、もうどうにもならないことはわかっていた。沢村伝次郎を斬るまでは生きながらえてやる。その思いが、戒蔵をどうにか奮い立たせているのだった。

それにしても、なぜおれは沢村のことにこだわるのかと、自問した。答えは出ないがわかっていた。

やつはおれを仇だと思い、いつかその仇を討とうと思っている。そうでなければならない。すっかりあきらめているとは思えない。仇を討つという執念があるはずだ。

(だからおれは、やつの執念に応《こた》えてやらなければならない)

戒蔵は歩きながら、胸の内でつぶやき、さらにつづける。

(沢村、きさまの執念がおれをここまで生きながらえさせているのだ。つまり、おれもきさまとの決着をつけたいという執念があるのさ)

戒蔵は深編笠の陰になっている顔に、不気味な笑みを浮かべた。

向かうのは八丁堀である。赤尾の家を出るのが遅くなったが、髪結いの文吉はまだ八丁堀をまわっているはずだった。

もっとも戒蔵は、八丁堀に足を踏み入れるつもりはなかった。江戸橋か海賊橋のそばで文吉の帰りを待ち、沢村伝次郎の居所を聞けばいいだけのことだ。

文吉への脅しは利いているはずだ。おそらく約束を違《たが》えることはないだろう。戒蔵は楽観していた。

江戸橋をわたり、海賊橋のそばまでやってくると、近くにある茶店に入った。同じような店が数軒並んでいる。

戒蔵は葦簀《よしず》の陰になる床几に座って、深編笠を脱いだ。やってきた小女に茶を注文し、葦簀の隙間から目を凝らす。海賊橋を往き来する人の顔は十分見ることができた。

茶を飲みながら海賊橋と、目の前の河岸道に注意の目を向けた。文吉は海賊橋を利用せず、もっと南側に架かる新場橋《しんばばし》、あるいは越中橋《えっちゅうばし》を使うかもしれない。そうだとしても、新乗物町の自宅長屋に帰るには河岸道を通るはずだった。

しかし、いっこうに文吉はあらわれなかった。

ひょっとすると、もう自宅に帰ってしまったか、もしくは仕事を休んだか……。

いや、そんなことはないはずだと、戒蔵は曇った空を見あげる。

昼四つ（午前十時）の鐘はまだ聞いていない。

もう少し待って姿をあらわさなかったら、文吉の家に行こうと思った。ところがその必要はなかった。ほどなくして鬢盥をさげた文吉が、海賊橋をわたってきたのだ。

臆病《おくびょう》そうな顔をしている。そわそわと落ち着きのない足取りだ。昨日脅したときも、そうだった。顔を青ざめさせて、ふるえあがった。

（小心者め）

文吉は海賊橋をわたると、そのまま右に折れて江戸橋のほうに向かった。戒蔵はその後ろ姿を見送って、深編笠を被り、ゆっくり顎紐を結んだ。そのとき、「ん」と、戒蔵は短くうなり、紐を結ぶ手を止めた。

ご用聞きのような男が、文吉のあとを追って歩いているように見えたのだ。しばらく、その様子を見ていると、脇の路地から浪人風体の侍が出てきた。その侍はご用聞きらしい男が振り返ると、小さく顎を引いた。

戒蔵は警戒した。ひょっとすると、文吉が自分のことを同心か与力に話したのではないかと考えた。たっぷり脅したので、まさかそんなことはないと思っていたが、小心者ゆえ告げ口をしたとも考えられる。

戒蔵は他にも文吉を尾ける男がいないかと周囲に目を配った。気配はなかった。茶店を出ると足を急がせた。文吉はすでに江戸橋をわたっていた。その後ろに、戒蔵があやしいと思うご用聞きみたいな男と、少し遅れてこれもあやしげな侍が歩いていた。

しかし、文吉が荒布橋《あらめばし》をわたり照降町《てりふりちょう》に入ったとき、侍が左の路地に切れ込んで見えなくなった。ご用聞きのような男はがっちりした体つきで、まだ文吉の後ろを歩いていた。

文吉は親父橋《おやじばし》をわたると、左に折れてそのまま河岸道を歩いた。自宅長屋の方角である。だが、ご用聞きのような男はまっすぐ歩き去った。

（おれの思い過ごしか……）

戒蔵は文吉の背中を凝視した。

このまま一気に近づいて声をかけようかと思った。だが、さっきのことが気になった。戒蔵は警戒心を強くした。文吉は告げ口をしたのではないか。もし、そうなら長屋のそばに町方が張り込んでいるかもしれない。

しばらくすると文吉は右に曲がって、自宅長屋のある新乗物町に入った。戒蔵もその通りに入った。だが、このときいやな胸騒ぎがした。こういったとき、追われる人間は自分のカンを信じる。戒蔵もそうだった。

新乗物町の通りをそのまま歩き、人形町《にんぎょうまち》通りにぶつかると左に曲がった。

（様子を見よう）

六

夕闇に包まれた小名木川に映り込む町屋のあかりが、帯となって揺れていた。

伝次郎は高橋の欄干《らんかん》に両手をついて、大川のほうを眺めていた。舟提灯をともした一艘の猪牙舟が万年橋をくぐってくるのが見えた。

その日、津久間はあらわれなかった。文吉への接触もなかった。そして、お道も茅場町の湯屋にあらわれなかった。その報告を受けたのは、ついいましがたのことだった。

知らせにきたのは、粂吉という酒井彦九郎の小者だった。

「旦那、相手は気まぐれなんでしょう。こっちの思いどおりには動いてくれませんよ」

粂吉はそんなことをいったあとで、はっと顔を緊張させ、

「すいません、生意気なことをいっちまいました」

と、頭をかいて詫びた。

伝次郎は気にすることはないと、笑みを返してやった。

帰っていった粂吉は、文吉の家には見張りをつけてあるので、なにかあればすぐに知らせるといった。そして、明日も彦九郎と久蔵の作戦どおりに動くということだった。

伝次郎は月も星も見えない暗い空を見あげて高橋を離れた。見張場に行きたいという思いがあったが、それは彦九郎と久蔵に考えがあるらしく断られていた。

その考えとは、自分を思いやってのことだとわかっていた。見張りは寝ずの番で行われる。長丁場のことだから体に応え、仮眠をとっても前日の疲れが残る。

伝次郎はいざとなれば、津久間と一戦交えなければならない。そのときのために、体調を崩されたくないのだ。

町奉行所を離れても、自分のことを考えてくれる先輩同心の思いやりが、胸にしみた。

(いい仲間だ)

伝次郎はつくづくそう思った。

普段なら千草の店に行くところだが、自分ひとり酒を飲んでいるときではない。

それにいまは気をゆるめられない状況にある。まっすぐ自宅長屋に帰ることにした。

赤尾の家に帰ってきた戒蔵は、玄関の前で一度空をあおいだ。暗い空である。明日は天気が崩れそうだ。雨が降るかもしれない。それに空気が心なし冷えていた。

戒蔵は戸に手をかけてそのまま引き開けようとしたが、なんだか妙だと思った。常より家の中が暗く、人の荒い息づかいが聞こえる。

戒蔵はびくっとこめかみを動かして、短く息を吐きだした。

「いま、帰った」

そういって戸を引き開けて、土間に入った。とたん、眉宇をひそめた。

お道が後ろ手に縛られ座敷に転がされているのだ。赤尾はその前にあぐらをかいて酒を飲んでいた。お道が救いを求めるような目を向けてくれば、赤尾は不敵な笑みを浮かべ、小面憎《こづらにく》い顔を向けてくる。

「なんだ。これは……」

「それはこっちのいう科白《せりふ》だ」

赤尾が盃をぐいっとあおって、戒蔵をにらんだ。

「きさま、騙《だま》したな。どうもおかしいとは思っていたのだが、人を見くびりやがって」

「なにをいってる」

戒蔵は雪駄を脱いで座敷にあがった。

「きさま、やはり胸を病んでいたな。昼間この女と話をしたが、どうも話が食いちがう。それできさまの出自を訊ねたら、しどろもどろだ。きつく問いつめれば、話の筋がおかしい。きさまは仇を討つといったが、仇を討たれる身ではないか。とんだお笑い草だ。それに、沢村などと騙《かた》りおって、この女、ぽろりときさまのほんとうの名を漏らしたぞ」

赤尾は人を蔑《さげす》む目をして、低い笑いを漏らした。

戒蔵はお道をにらむように見た。お道はその視線に耐えられず、目を伏せながらすみませんと蚊の鳴くような声で謝った。

「きさまの仇相手は津久見伊蔵といったが、なんのことはない。きさまの名は津久間戒蔵というではないか。それに、沢村伝次郎という男の妻子を殺してるそうだな」

戒蔵はぎらつく目を赤尾に向けたまま押し黙った。奥歯を噛み、

(こいつは生かしておけぬ)

と、腹の内で決めた。

「お人好しにも労咳病みの悪党に情けをかけたおれは、とんだ間抜けだ。おい津久間戒蔵、黙っていないでなにかいってみやがれ。怒鳴りたければ怒鳴るがよい。騒ぎを起こせば、近所のものがやってくる。どうせきさまはお尋ね者だろう。感心なことに、お道も大声をあげなかったしな」

「どうしろというんだ。出て行けといわれりゃ、すぐに出てゆく」

戒蔵は赤尾の目の奥を見据えながらいった。

「出て行ってもらうさ。あたりまえのことだ。だが、置いていく物を置いていってもらおう。どうせ汚れた金であろう。素直におれのいうとおりにすれば、今度のことには目をつむり、おれの胸三寸にとどめておく」

「いやだといったら……」

戒蔵は地の底から這い上ってくるような、くぐもった声を漏らした。赤尾は浮かべていた皮肉な笑みを引っ込めた。

と、素早く脇に置いていた刀を抜いて、お道の喉に突きつけた。ヒッと、お道は恐怖に目をつむる。

「いうとおりにしなきゃ、こいつを殺すまでだ。おまえの大事な女だ。素直に有り金を出せ」

「金なんぞない。そいつを殺したけりゃ殺すがいい。だが、てめえの命もなくなるってことだ」

戒蔵は開きなおった。

「なに……」

「おれを怒らせやがって」

戒蔵は脇に置いていた刀に手をのばした。赤尾が目を剝いて、戒蔵の動きを阻止しようと刀を振りあげた。

刹那、戒蔵が抜き放った刀が、斜めに振りあげられた。刃が行灯のあかりを照り返し、赤尾の刀をすりあげた。

思いもよらぬ戒蔵の素早い身のこなしに、赤尾は驚いたように目を見開いた。だが、そのとき体勢が崩れていた。

戒蔵はそれを見逃さなかった。振りあげた刀をすぐさま斬りさげるように脇に引くと、同時に赤尾の土手っ腹を突き刺した。

「ぶふぉっ……」

赤尾は信じられないという顔で、手にしていた刀を落とした。自分の腹に刺さっている刀を見て、苦痛に顔をゆがめた。

戒蔵がすうっと刀を引くと、赤尾の体が前のめりに倒れた。畳を這う血が生き物のように動いて広がった。

戒蔵はなに食わぬ顔で、刀についた血糊《ちのり》を赤尾の着物で拭き取ると、ぎらりと光る目をお道に向けた。

「……だ、旦那、わ、わたしは刀で脅されて……」

「黙れッ」

さっと体を動かした戒蔵は、お道の胸ぐらをつかんだ。

「てめえも殺してやるか……。死にたきゃいつでもそうしてやる」

「わたしは……わたしは……」

お道の目から涙がこぼれた。

「なんだ。いいたいことがあったら、いってみやがれッ」

戒蔵は鬼のような赤い目で、お道をにらみつける。だが、お道はひるむことなく、そんな戒蔵を見つめ返してくる。

恐怖におびえていたその顔が、なぜか穏やかになった。目に戒蔵を慈しむような色さえ浮かべた。そのことを戒蔵はいぶかり、眉宇をひそめた。

「もう、もういいんだよ。旦那、殺しておくれ。どうせ、旦那とは別れることになるんです。だったら、いっそのこと旦那の手にかかって死にたい。旦那がいなくなりゃ、わたしは生きていく甲斐がなくなるんだもの。さあ、ひと思いに……」

「なんだと」

戒蔵は驚いた。お道はてっきり慈悲を請うと思った。殺されたくないはずだと思っていた。ところがいまのお道は、生への執着を捨てている。

「旦那の世話ができて、わたしは幸せだった。その幸せを持ったまま死にたい。旦那、いったじゃない、この世が地獄だって。だったら死ねば極楽に行けるんだよ。もう、地獄はいい。地獄とは縁を切りたい」

お道の目からぽろぽろと涙がこぼれた。頬をつたう涙は、顎からしたたり、胸ぐらをつかんでいる戒蔵の手に落ちた。

「てめえって女は……」

戒蔵は一途《いちず》な女の思いを、生まれて初めて教えられた気がした。まさか、お道がそれほどの思いを、胸に秘めていたとは知らなかった。

「さあ、旦那。ひと思いに、その刀で……」

「たわけッ」

戒蔵はお道を突き放した。

後ろ手に縛られているお道は、どさりと転がった。

「どうして……なぜ、殺してくれないの。そこの旦那のように、わたしも、わたしも……」

「黙れ、黙れ、黙れッ」

戒蔵はあぐらをかいてお道に背を向けた。

自分でもよくわからない情動につき動かされていた。戒蔵は大きく息をしながら気を静めようと努めた。お道のすすり泣きが、部屋を満たしていた。

そして、血の匂い……。

庭木を揺るがす、かすかな風の音。

うつむいていた戒蔵はゆっくり顔をあげると、静かに立ちあがってお道のそばに行った。お道がすがるような目を向けてくる。戒蔵はそのままお道の縛《いまし》めをほどいてやった。

「どうしたんです……」

お道がきょとんと見てくる。

「おまえは最後まで付き合うんだ。考えがある。髪結いの文吉に、これから会いに行く。やつは沢村の居所を聞きだしているはずだ。それを聞きに行く」

「これから……」

「そうだ」

「この旦那の死体はどうするんです」

「放っておけ。どうせこの家に長居はしない。さあ、支度をするんだ」

七

伝次郎は明日のために早めに寝ようと、ちびちびと飲んでいた酒をやめ、夜具に手をかけた。そのとき下駄音が近づいてきて、戸口に人の立つ気配があった。

「伝次郎さん」

と、ひそめられた声がした。

「誰だ？」

「お幸です」

ときどき千草の店の手伝いをしている娘だった。伝次郎は戸口を開けてやった。

「どうしたこんな刻限に……」

「まだ、五つ（午後八時）をまわったばかりですよ。暇だったら店に来てほしいと女将さんがいうんです。いいえ、きっと来てほしいのよ」

お幸のさげた提灯が、空を向いた愛らしい鼻を照らしていた。無花果《いちじく》のように赤い頬に、笑みを浮かべている。

「暇なのか？」

「そうでもありませんけど、一段落して落ち着いたところです。ねえ、伝次郎さん、おいでくださいよ」

お幸は甘えたように伝次郎の袖を引く。

伝次郎はどうしようか迷ったが、すぐに寝つけそうにない。自分のために寝ずの番で見張りをやっているものたちに申しわけないと思いつつも、

「長居はできないぞ」

と、断ってお幸の誘いを受けたが、正直なところ迷っていたのだ。その朝、千草に大人げない態度を取っていたし、弁当箱も返さなければならなかった。

「それにしても暗いな」

夜道を歩きながら伝次郎は遠くに視線を飛ばした。町は漆黒《しっこく》の闇に包まれている。料理屋のあかりがなければ、文字どおりの闇である。

「それに少し寒くなってきたわ。寒《かん》の戻りかしら……」

お幸が肩をすくめてつぶやく。

千草の店は暇だった。酔いつぶれていびきをかいている近所の職人がひとり、そ

のそばで商家の奉公人が独酌していた。

ひょっとして上総屋の公助がいるかもしれないと、伝次郎は思っていたが、姿はなかった。

「今夜は一本だけでいい。明日大事な仕事があるんだ」

そばにやってきた千草にそういって、そっと弁当箱を返した。いつもすまない、と礼の言葉を添えるのを忘れなかった。

「なんだかこのところお忙しそうですね」

千草がそういって酌をしてくれる。嫌みにも取れたが、その顔は寂しげだった。

「そうでもないんだが、あれこれと野暮用があってな」

「野暮用って……」

千草がからませるような視線を向けてくる。

「まあ人にいえるようなことじゃないさ。とにかく今夜は控えたいから、おまえさんやってくれ」

伝次郎は千草に酌をしてやった。そのとき、いつもの着物とちがうことに気づいた。

「誂《あつら》えたのか？」

伝次郎は千草の着物を見た。春らしく梅の花を散らした小紋だった。公助に買ってもらったのだろうと思った。伝次郎の頭に、尾上町の通りを楽しそうに歩いていた、千草と公助の姿が甦った。

「たまには着替えないといけないと思いまして。お客様相手の商売だし、これでもわたし女ですから」

「……たしかに」

伝次郎は酒に口をつけた。千草の口ぶりがなんとなく癪《しやく》にさわったが、ぐっと堪えた。

「伝次郎さん、気にくわなくて……」

千草が小首をかしげる。

「いや、よく似合っている」

「わたしが選んだのよ。他の人は上総屋の若旦那に買ってもらったんじゃないかというけど、そうじゃありませんからね。お客様の世話を受けるほど、わたしは落ちぶれちゃいないから。あの若旦那に呉服屋に連れて行かれたけど、ちゃんとわたしがお金を出して買ったんです。たまたまこの着物が気に入っただけよ」

伝次郎はなるほどと思った。今夜お幸を使いに立てて店に呼んだのは、これをいいたかったのだと。

「千草、おれはげすの勘ぐりはしねえさ」

伝次郎が口辺に笑みを浮かべると、千草はほっとしたように微笑んだ。それで、いつもの千草に戻ったような気がした。

お幸が酔いつぶれている客に起きるようにいっている。だが、尻をたたいても客はいびきをかいたままだ。

「お幸ちゃん、放っておきなさい。わたしがあとでたたき出すから」

千草はいたずらっぽくいって、ぺろっと舌を出すと、お幸に帰っていいといった。

しばらくすると、お幸が帰ってゆき、それからすぐにもうひとりの客も帰り、店は伝次郎と酔いつぶれている職人だけになった。

「もう仕舞いだな。おれも今夜は引きあげる」

伝次郎は盃をほして、板場で洗い物をしている千草に声をかけた。

「なんだか呼びだしたりしてごめんなさい」

千草が前垂れで手を拭きながら、慌てて板場から出てきた。

「気にしていないさ。体があいたらゆっくり飲みに来る」

伝次郎が表に出ると、千草も出てきた。

「弁当だが、ほんとうに無理はしなくていい。毎日じゃ体に応える。気が向いたときだけ作ってくれれば、おれはそれで御《おん》の字だ」

「……わかりました。でも、毎朝気が向くかもしれないし……」

千草は体をよせてきて、伝次郎の袖をつかんだ。

「気になっていたんです。わたしと上総屋の若旦那のことが、変な噂になっていたんで、ひょっとしたら伝次郎さん、へそを曲げてるんじゃないかと……」

「馬鹿だな。おれがそんなことでへそを曲げるか」

「ほんと」

千草が見あげてくる。いつからこうなったのかわからないが、千草は他の客には見せない、少女のような顔を見せることがある。いまもそうだった。

「疑うようになったらおしめえだろう。それじゃ、お休み」

伝次郎はそのまま歩き去った。歩み寄る下駄音が短くして、千草の声が追いかけてきた。

「お休みなさい」

伝次郎はそのまま歩いた。提灯のあかりに自分の影ができていた。さっと路地から出てきたものがあった。

猫だ。反対側の路地に駆け込んで、ひと声ニャアと鳴いた。

やはり、眠りは浅かった。伝次郎は夜中に何度も目を覚ましては、寝返りを打つという夜を過ごした。こんなことなら、寝酒を飲んでおけばよかったと、軽く後悔した。だが、夜具を抜けたのは、いつもと変わらない刻限だった。

津久間のことが頭から離れない。見張りからの知らせもない。津久間は文吉に接触しなかったのかもしれない。もしくは、見張りの網をかいくぐったのではないかという考えも浮かんだが、すぐにそんなことはないだろうと否定した。

舟着場に行くには早いので、愛刀を菰につつんで長屋を出た。表は深い霧だった。昨日より肌寒い朝だった。霧は川から発生している。空気が冷えているので、川の蒸気が霧となって町屋に流れ込んでいるのだ。

神明社の境内に入ると、石畳を進んで本堂に参拝し、手水場《ちょうずば》の脇にある広場で首と腕をほぐして、刀を取りだした。

境内も濃い霧につつまれているが、冷えた大気が剥き出しの肌に心地よかった。股引に腹掛け一枚という諸肌脱ぎである。

伝次郎は刀を青眼《せいがん》に構えた。臍下《せいか》に力を入れ、すうっと息を吐き、すり足を使って前に進みながら、刀を上段に持ってゆく。

そのとき、霧の中に黒い人影が浮かんだ。伝次郎は動きを止めた。同時に息も詰めた。

霧に隠れた影は徐々に近づいてくる。左手に刀をさげている。右手が動き、刀が抜かれた。伝次郎は眉間にしわを彫って、近づく影に目を凝らした。

（まさか、津久間では……）

そんな思いが頭をかすめたとき、霧の中の影が地を蹴って、突進してきた。

第六章　柳橋

一

影の動きは速かった。

刀を上段にあげていた伝次郎は、右八相《はっそう》に構えなおして、体を沈めた。

相手は突きを送り込みながら、伝次郎の脇をすり抜けるなり、身のこなしも鮮やかに半身をひねりながら、足を踏み込み胴をなぎにきた。

伝次郎は相手の第二撃をすり足を使って軽くいなし、半間ほど下がって、

「なにやつ」

と、問うた。

相手は無言である。刀を右下段に下げてゆっくり近づいてくる。伝次郎は片眉をぴくりと動かした。津久間ではなかった。

「何故の所業《しょぎょう》だ」

もう一度問うたが、相手はじりじりと間合いを詰めてくるだけである。

体を低くし、刀を腰の高さまであげた。眦《まなじり》を吊りあげ、ぎょろりと双眸を光らせ、唇をへの字に曲げている。

「これ以上やれば怪我をするぞ」

伝次郎には戦う気はない。相手の間合いを外して忠告した。力の差が歴然としているからだ。たしかに相手は俊敏であるが、熟練の技は持ち合わせていない。

「怖《お》じけづいているのか」

相手が初めて声を漏らした。

「べらぼうめ。身のほどを知れといってるんだ」

伝次郎は詰めてくる相手の左へと、静かにまわりこむ。その動きに、相手の剣尖《けんせん》が同調する。

「ふっ」

伝次郎は軽く息を吐いた。柄を持つ手から力をゆるめる。柄は左手の小指と薬指で支えているだけだ。右手は軽く添えているだけで、力《りき》みがない。

だが、相手はちがう。刀を持つ手にも肩にも力が入りすぎている。それでは刀は素早く振れない。

それゆえ、伝次郎はこれまでの攻撃を、あっさりかわすことができたのだった。

「刀を引け。わけのわからぬ戦いなどしたくない」

再びの忠告に、相手の形相が変わった。小馬鹿にされたと思ったのか、顔面を紅潮させるやいなや、またもや無謀に突っかかってきた。

右から面を狙い、外されたと思ったら、逆からの面撃ちにくる。伝次郎は体をひねるだけでかわしながら右に動いたり、半尺後退したりしてかわす。それでも相手は斬りあげ、斬りさげてくる。焦りが生じて、動きに乱れが見られる。

伝次郎は左から斬り込まれたときに、さっと相手の脇に動いた。同時に足払いをかけて、相手を大地に倒した。すかさず、刀を喉元にぴたりとつけた。

「ひッ」

相手は小さな悲鳴を漏らし、目を見開いて、体を固めてしまった。

「や、やめろ。やめてくれ」

さっきの威勢はどこへやら、急に気弱になって命乞いをする。そのとき新たな声が聞こえてきた。

「お見事、お見事……」

霧の中からあらわれたのは利兵衛だった。精次郎もいっしょだ。利兵衛はにこやかな顔で、小さく拍手まででした。

「そこまででございます。伝次郎さん、その人はわたしが雇った方です。どうかお許しを」

「なんだと……」

伝次郎は押さえていた男を突き放すようにして、立ちあがった。自分が試されたのだと知り、無性に向かっ腹が立った。

「いったいなんの真似だ」

「お怒りはごもっとも。どうかお許しください」

利兵衛は深々と頭を下げて、言葉をついだ。

「眠いのを堪え朝早くやってきた甲斐がありました。やはり伝次郎さんはわたしの眼鏡《めがね》にかなうご仁《じん》。剣の腕とくと拝見させていただきました。それに、侍言葉を使われましたな。いまは船頭でも、その前は立派なお侍だったとお察しします」

伝次郎は悪びれたふうでもなく、にこやかに話す利兵衛をにらみつけた。

「こんなことをしてなんの得があるというんだ」

「是非とも伝次郎さんと組んで仕事をしたいからでございます」

「おれにはその気はない」

「まあまあ、そうおっしゃらずに。よくお考えください。いまの暮らしより、もっとよい暮らしができるのですよ。きつい船頭仕事よりは、はるかにましだと思いますがね」

「なにをいわれても断る。これ以上おれにつきまとうのはやめろ」

伝次郎は刀を鞘に納め、そのまま菰で包んだ。最前の男は、荒い息をして利兵衛と伝次郎とのやり取りを眺めていた。

「馬鹿な真似をしおって……」

「伝次郎さん、わたしゃあきらめませんよ。あなたはまだわたしのことがわかっておられないから、そんなことをおっしゃるんです」

「なんといわれようが無駄だ」

伝次郎は腹立ちを抑えながら、刀を包んだ菰を小脇に抱えた。

「わたしはあきらめませんよ。わたしは伝次郎さんが気に入ったのです。あなたは気骨《きこつ》のある方。度胸も剣の腕も並ではない。船頭になったのには、きっと深いわけがおありなんでしょうが、このままではもったいなさすぎます」

「おべっかなら、よそで使うことだ」

伝次郎はそのまま背を向けた。

「またお目にかかりましょう。わたしは決してあきらめませんので」

声が追いかけてきたが、伝次郎はそのまま歩きつづけた。

長屋の家に帰っても、しばらくは腹立ちが治まらなかった。何故、しつこく自分にまとわりつくのだ。はた迷惑もいいとこだ。柄杓ですくった水を、喉を鳴らしながら飲み干し、手の甲で顎をぬぐった。

「まったく余計なことを……」

腹立ちが愚痴となって口から漏れた。

長屋の路地が騒がしくなっていた。あちこちから女房や子供の声が聞こえてくる。

早出の職人が「行ってくらァ」と、家のものに声をかけて、足早に長屋を出てゆく。

そこには、いつもと変わらない朝があった。

二

「どうだい？」

酒井彦九郎は見張場にやってくると、寝ずの番で文吉の家を見張っていた万蔵と条吉に、差し入れの塩むすびをわたした。

「なにもありませんね」

万蔵が塩むすびの包みを押し戴《いただ》いて答える。

そこは文吉の長屋を見通せる仏壇屋の一間だった。文吉の長屋には慌ただしい住人の姿がある。厠に飛び込む子供、井戸端で洗面をしている老人、戸口前で魚を焼いている女房、そして出かけていく職人……。

「文吉の家を訪ねたものは……」

彦九郎は窓の隙間から長屋に目を向けたまま訊ねる。

「訪ねたのは、文吉と同じ長屋の住人です。よそもんは誰も訪ねていません」

万蔵が塩むすびを頰ばりながら答えれば、

「夜中は静かなもんでした」

と、粂吉も言葉を添えた。

彦九郎は空を見あげた。曇り空にかすかに日の光を感じるだけだ。大気が冷えていて、久しぶりに寒い朝だった。八丁堀の自宅を出たときには、濃い霧だったが、やっとその霧が晴れていた。

「おかしいな」

彦九郎は独り言のようにつぶやいた。津久間は文吉を脅して、伝次郎のことを聞くように指図している。それなのに姿を見せないのは、こっちの見張りに気づいたからかもしれない。そんなことはないかと、万蔵と粂吉に聞いたが、二人はそれは決してないと自信ありげに口を揃えた。

「すると、今日ってことか……」

彦九郎は長屋の路地に姿をあらわした文吉を見た。隣の女房と短く言葉を交わして、井戸端に行った。

それからすぐに文吉の女房・お力が家から出てきた。洗い物を入れた笊《ざる》を持って、文吉のいる井戸端に行って話しはじめた。

「ひょっとしてやつは……」

彦九郎は急に不安になった。顔色を変えたのがわかったらしく、

「どうしました？」

と、万蔵が怪訝そうな目を向けてくる。

「津久間は他の手を使って、伝次郎の居所を探っているのかも……」

「他の手といいますと……」

「考えてみりゃ、いろいろある。もっとも伝次郎がいまどこでなにをやっているか知っている人間はかぎられちゃいるが、知っているのはおれたちの他にもいるってことだ」

万蔵は粂吉と顔を見合わせて、彦九郎に視線を戻した。

「与力の山田さん、そして年寄同心の豊島《としま》さん、他にも何人かいるだろうし、山田さんと豊島さんの身内もそれとなく知っているかもしれねえ」

「それじゃ同じ組の……」

「そういうこった」

町奉行所の与力同心は、見習いを含めて五組に分かれている。その各組から分科分担されて、内役《うちやく》や外役《そとやく》に配置される。

つまり、同じ定町廻り同心であっても、一番組のものもいれば、五番組のものもいるという按配である。伝次郎が町奉行所同心を辞する際、同組の上司だった山田与力と年寄同心の豊島は、伝次郎のいまを知っている。

あれから年月がたっているので、口にこそしないが、それとなくいまの伝次郎のことを知っているものは少なくない。

「しかし、そんなことは津久間にはわからないんじゃ……」

粂吉が指についた飯粒をなめながらいう。

「わからねえ、やつは文吉に近づいたが、先読みをして他の動きをしているのかもしれねえ。現に湯屋にお道はあらわれたが、昨日もその前も来ていない」

「それじゃどうします？」

万蔵が目をしばたたいた。

「……手が足りねえ」

彦九郎はうめくような声を漏らした。

津久間捕縛のために割《さ》ける人員はかぎられている。他の同心らは、それぞれの受け持ちに身を削ってはたらいている。人を増やすには上役に相談しなければならない。

しかし、津久間の所在がはっきりしていないいまは、おそらく人は貸してもらえないだろう。被疑者の罪状が確定し、その所在がはっきりしていなければ、捕り方を揃えての捕り物出役《でやく》はできない。まして、いまは内偵段階である。

「伝次郎の見張りはできてるんだな」

「音松さんと助三郎《すけさぶろう》がやっています」

助三郎というのは、彦九郎が子飼いにしている明神下の岡っ引きだった。

そんなことを話しているうちに、文吉がいつものように鬢盥をさげて長屋を出ていった。

「粂吉、おまえはお力の見張りだ。あとを頼む。万蔵、行くぞ」

彦九郎は万蔵を連れて見張場を出た。そのまま距離を取って、文吉を見守りながら尾行する。

戒蔵とお道は、江戸橋の南岸にある木更津《きさらづ》河岸のごみごみした場所にいた。おもに荷揚げ人足が利用する、葦簀掛けの茶店だった。

対岸は本船町《ほんふなちょう》の魚河岸で、漁師舟がひっきりなしに出入りしていた。遠目にもその賑わいぶりを窺うことができた。

戒蔵とお道のいる木更津河岸は、上総などからやってくる「木更津船」の発着所で、海産物や農産物を積んできた船の荷揚げ作業が行われていた。

上半身裸の男たちが汗を流しながら作業のための声を張りあげ、その合間に無駄口をたたきあっていた。

戒蔵とお道は、葦簀の陰にひっそりと座り、江戸橋を見張っていた。戒蔵は着物を尻端折りし、脇にひと束の傘を置いていた。束にした傘の中に刀を差し入れている。二人とも頬被《ほっかむ》りをしているので、行商人にしか見えない。

日は曇った空の向こうにあるが、妙にまぶしい日だった。

文吉が六つ半（午前七時）すぎに江戸橋に姿を見せた。戒蔵とお道は文吉に目を凝らした。文吉はそのまま橋をわたると、八丁堀に向かうはずだ。

戒蔵は文吉のあとから歩いてくる通行人に目を光らせた。用心深く見たが、これといってあやしそうな人間はいない。

「お道、行くんだ」

戒蔵の声で、お道が床几から立ちあがった。大きな風呂敷包みを背負い、頬被りをしているので見た目は行商の女である。風呂敷包みの中は軽い籠であった。

お道は小さく目顔《めがお》でうなずき、葦簀の表に出て、文吉を見張るために海賊橋のそばにある広小路に向かった。

ひとりになった戒蔵は、冷めた茶に口をつけて、文吉がわたってきた江戸橋に向かった。そのまま本船町の河岸場に行き、また目立つことのない茶店の床几に腰をおろした。

あたりは喧噪《けんそう》にあふれている。日に千両が落ちるという魚河岸は、漁師や魚問屋の奉公人たちはもちろん、買出し人たちでごった返している。あちこちから掛け合いの声が、ひっきりなしに聞こえてくる。

そこにあるのは魚屋だけではない。朝の早い職人や客たちを当てこんだ、簡易な屋台の飯屋やそば屋もあるし、休憩のできる茶店もある。

そんな店に人が入れ替わり立ち替わりやってきては、さっさと出てゆく。魚河岸は混雑を極めているが、その繁忙さは昼近くまでつづく。

戒蔵は新しく入ってくる客の邪魔にならないように、店の隅に腰を据えてじっと待った。

半刻、また半刻とすぎてゆく。何度か小さな咳をしたが、さほどひどいものではなかったし、まわりの人間も気にしなかった。

お道がやってきたのは、それから一刻半ほどたってからだった。

「文吉が戻ってきます」

お道がそばに来て耳打ちした。戒蔵は小脇に傘の束を抱え持った。うまくやるんだと、お道にいい聞かせ、江戸橋をわたってくる文吉を見張れる場所に移った。

ほどなくして、文吉が江戸橋をわたってきた。運良く、魚河岸から十数人の人間が一団となって文吉とすれ違うようにわたりはじめた。

お道が文吉に近づいて、袖を引いた。戒蔵はその様子を黙って見ている。文吉は戸惑いながら、お道といっしょに人で混み合う魚河岸の雑踏にまぎれた。

戒蔵は背後に注意の目を向けてからあとを追った。何度か後ろを警戒して見る。

文吉とお道は連れ添うようにして本船町から本小田原町に入った。戒蔵は足を速め、二人に接近した。もうさっきほどの人はいない。もう一度、背後を見た。それから文吉の横に並んで、

「おれを覚えてるな」

と、にらみつけた。文吉がぎょっと目をみはった。

「騒ぐな、騒いだら殺す」

津久間は抱えている傘束の中に刀があるのを示した。文吉はすでに青くなり、怖じけづいた顔をしていた。

「そこだ」

すぐ先に空き店があった。お道が戸を引き開けると、戒蔵は文吉を押し込むなり、傘束の中から引き抜いた刀を、文吉に突きつけた。

「ひッ」

尻餅をついたまま文吉は後ずさったが、上がり框に背中をぶつけて動けなくなった。

「声を出したら、その首を刎《は》ねる」

戒蔵の脅しに、文吉はぶるぶると震えあがった。

「約束は守っているだろうな」

「……は、はい」

文吉はゴクリと音をさせて生唾を呑んでうなずいた。

「沢村はどこだ？」

「ほ、本所の、し、し、芝翫河岸です」

「芝翫河岸……」

「た、た、高橋の、そ、そばの舟着場。そ、そ、そこで船頭をやってるんです」

文吉は恐怖のあまり言葉をつかえさせて答えた。

「嘘じゃないだろうな」

「う、う、嘘ではありません。ほ、ほ、ほんとうです。ひッ、ご、ご、後生《ごしょう》ですからお助けを、お助けを……」

文吉は拝むように手を合わせて命乞いをする。その顔は半べそだった。

「旦那、やめて」

刀を振りあげた戒蔵の前にお道が来た。そのままじっと戒蔵を見つめる。

「この人を殺してどうするの？　ちゃんと約束を守ったんですよ。お願いですからやめて。……助けてやってください」

「どけ。生かしておけば厄介だ」

戒蔵はお道を押しのけようとしたが、逆らって動かなかった。

「この人はなにも悪い人じゃない。助けてやって……」

「てめえ」

戒蔵が半歩詰めよっても、お道は動かなかった。そればかりか挑むような強い視線を向けてくる。これまでそんな目をしたことはなかった。

「もう沢村のことがわかったんです。無駄な殺生《せっしょう》です。こんなこと、わたしの前で……もうたくさんだから、ねえ、旦那やめてください」

お道の顔が崩れたと思ったら、涙をあふれさせた。助けて、助けてと文吉のために慈悲を請う。

戒蔵は刀をゆっくり下げ、

「地獄に仏か……」

と、苦笑を浮かべてつぶやくと、文吉に猿ぐつわをかませて、前もって用意していた縄で体をきつく縛りにかかった。

三

「見あたりません」

息を切らして駆け戻ってきた万蔵が、そういった。彦九郎はあたりに忙しく視線を飛ばした。だが、どこにも文吉の姿は見えない。

魚河岸の北側にある安針町《あんじんちょう》の外れだった。文吉を警護するために尾行していた彦九郎と万蔵が、文吉を見失ってから小半刻ほどたっていた。

文吉は八丁堀でいつものように仕事を終えると、いつもの経路で家路についた。そのとき、万蔵、彦九郎という順にあとを尾けていた。ところが、彦九郎が江戸橋をわたったとき、万蔵が文吉を見失ったと慌ててあと戻りしてきた。

それから二人で付近を探し歩いた。万蔵は江戸橋の中ほどに来たとき、文吉が左に曲がったのを見ているが、そのあとのことがわからなかった。

「旦那、どうしやす？」

万蔵が落ち着かない目を向けてくる。

「うむ」

「買い物してまっすぐ帰ったのならいいんですが……」

彦九郎もそうであってほしかった。

だが、津久間の接触を受けている気がしてならない。

「万蔵、おまえは湯屋の見張場に行ってこのことを久蔵に伝えるんだ」

「旦那は？」

「おれは粂吉の見張場へ行く。文吉が戻っていればいいが……」

彦九郎は遠くを見て、すぐに万蔵に顔を戻した。

「なにをやってやがる。早く行くんだ」

万蔵が駆け去ると、彦九郎は粂吉のいる見張場へ足を急がせた。


どんよりした雲が空を覆っている。大川端には新芽をつけた小さな木々があり、枯れたすすきが寒々しく揺れていた。

「お道、ここまでだ。おまえは田舎に帰るなり、好きなところへ行け。これ以上おれにかまうな」

戒蔵は立ち止まって、お道を振り返った。お道は黙っている。

「おれについてきたって、どうせろくなことはない。だが、おまえには世話になった。これを持って行け」

戒蔵は懐から巾着を出してお道に差しだした。二十数両入っていた。

「どうした、受け取れ。おれにはもはや無用の金だ」

「いらない。……そのお金を旦那がどうやって稼いだのか、わたしは知ってるんです」

戒蔵はこめかみを、ぴくっと動かした。気づかれていたのかと思った。金は大山道の往還で旅人や行商人を殺して、奪い取ったものだった。

「だから受け取れない。旦那が持っていればいいんです」

「片腹痛《かたはらいた》いことをいいやがる。おまえだって同じじゃねえか。足抜してきた女郎屋から売り上げを盗んで逃げてきたのはどこの誰だ。その金と、おれの稼ぎで今日まで食いつないできたんだ。たしかに血の匂いのする汚え金だ。だが、金がなくては生きてはいけぬ。さあ、持って行け。これ以上ついてくるな」

お道は受け取ろうとしなかった。戒蔵はあきらめて、お道の足許に巾着を放り投げた。金音がして、小さな土埃が舞いあがった。だが、お道は見向きもしなかった。じっと戒蔵を見つめてくる。女々《めめ》しくも名残《なごり》惜しいというよりも、恨みがましい目つきだった。

「旦那はわたしの……」

お道の目に涙が盛りあがった。

「なんだ」

「命を救ってくれた恩人です。だから最後までいっしょについていたいんです」

「たわけたことを……。おれは恩など売ったりしてはおらぬ。これから先はおれだけのことだ。おまえにはもう用はない。さあ、どこへなりと好きなところへ行きやがれ」

戒蔵はそのまま背を向けて歩きだした。しばらく行って、「いや！」というお道の悲鳴じみた声が聞こえてきた。

戒蔵はカッと頭に血を上らせた。しつこくつきまとわれるのは迷惑だった。短く息を吐きだし、荒れそうな心を静めようとした。お道が駆け寄ってくる足音がする。

戒蔵は目だけを動かして、まわりの様子を窺った。横は深い藍《あい》色をした大川だった。一方は大名屋敷の裏塀が長々とつづいている。人気はなかった。

近づいてくるお道の足音がだんだん大きくなった。戒蔵は小さく舌打ちして、振り返った。深編笠をわずかにあげて、近寄ってくるお道を見る。お道は菅笠を被っていた。二人は、文吉を監禁した空き店で着替えていたのだった。

「旦那の足手まといにはならないから」

お道は一度立ち止まり、それからゆっくり近づいてきた。戒蔵は目をぎらつかせた。

「なんべん同じことをいわせやがる」

戒蔵の手許が素早く動いた。白刃が弧を描きながら、鈍い光を放った。

小さな血飛沫が散った。

お道は驚愕《きようがく》したように目を見開いて、ゆっくり膝からくずおれていった。戒蔵は斬り捨てたお道を眺めた。すでに虫の息になっているお道がわずかに顔を動かして、戒蔵を見てきた。口の端に小さな微笑を浮かべ、

「こ、これで地獄から……離れ、られる」

と、唇をふるわせながらつぶやいた。戒蔵はカッと目をみはって、息絶えようとしているお道を見下ろした。

「これで、よかったの、よ……」

お道はそのままがくりと首を垂らして息絶えた。死んでも、口の端に浮かんだ微笑は消えていなかった。その死に顔は、幸せそうであった。戒蔵はこれまで、お道のこんな顔を見たことがなかった。

すると、短かったお道との来し方が、走馬燈《そうまとう》のように脳裏を駆けめぐった。殺されそうになって泣き叫んでいたお道。同じ屋根の下に住んだと思ったら、急に女房面をするようになったお道。自分の身を案じて、足しげく医者通いをし、薬をもらいに行ってくれもした。女としての魅力に欠ける華奢な女だったが、こまめに身のまわりの世話を焼いてくれた。洗濯も掃除も食事の支度も、そして繕い物も……。喀血で体力をなくした自分をやさしく介抱してくれたお道。この世で唯一の味方だと、あのとき思った。

「な、なんてことを……」

戒蔵は声をふるわせて、屍《しかばね》となったお道の傍らにひざまずいた。

「お、おれは……」

お道は幸せそうに笑って死んでいる。戒蔵はお道の両肩に手を添えた。

「お、お道……」

そう呼びかけたとき、熱いものが胸の内からせりあがってきた。戒蔵の目から涙が噴きこぼれた。

四

「お気をつけて」

伝次郎は深川八幡前の蓬莱橋《ほうらいばし》で拾った客を、新高橋《しんたかばし》で降ろした。

「船頭さん、これは酒手《さかて》だ」

客は気前よく、舟賃に色をつけてくれた。

「ありがとうございやす」

職人言葉で応じた伝次郎は頭を下げて、棹をつかみなおした。いつものように仕事をしているが、身は入らなかった。それでも芝翫河岸でじっとしているわけにもいかず、思いついたように舟を出しているのだった。

客を降ろした伝次郎はゆっくり小名木川を西へ向かった。そのまま行けば、自分の舟着場のある芝翫河岸だ。川面は重くたれ込めた雲を映していた。

波は穏やかだが、幅二十間ほどある川底に潮の流れを見ることができた。大川だと、これがもっと顕著になる。満ちた潮が海に戻っているのだった。それに伴って水量が減ってゆく。それは川岸を見ても判断できる。

荷を積んだ平田舟《ひらたぶね》や猪牙舟とすれちがう。両岸には大名屋敷が並んでいる。先のほうに架かっている高橋が、天気のせいでくすんで見えた。

その左の川沿いの道を、小走りに駆けてくる男がいた。なにやら慌てた様子である。伝次郎はちらりと見てから、棹を舟縁《ふなべり》にあげた。

舟はそのまま流れに乗ってゆっくり滑るように動く。曇った空で鳶がゆっくり旋回している。

「旦那、旦那」

ふいの声に顔を向けると、音松だった。川岸を駆けてきたのがそうだったのだ。

「なんだ」

「大変です。こっちにつけてもらえますか」

音松はまわりを見てからそういった。伝次郎は器用に棹を使って、舟を岸辺に寄せた。

「文吉がいなくなったんです」

「どういうことだ」

伝次郎は片眉を吊りあげた。

「いつものように八丁堀で仕事をしての帰りに、いなくなったんです。酒井の旦那と万蔵があとを尾けていたんですが、魚河岸のあたりで見失って、そのまま行方知れずです」

「家には戻っていないのか」

音松は首を横に振って言葉をついだ。

「茅場町の湯屋を松田の旦那が見張っていましたが、そこにもお道はあらわれていません。ひょっとすると、文吉は津久間に捕まってどこかへ連れて行かれたのかもしれませんが、それより、文吉には旦那のことを教えてありますから、津久間が近づいてくるかもしれません」

伝次郎は口を真一文字に引き結び、高橋のほうに視線を投げた。津久間が自分に近づくのは望むところであるが、文吉の身が案じられた。

「文吉のことは探しているんだな」

「へえ、みんなで手分けして探しています。見つかれば使いが知らせてくれることになっています」

「酒井さんと松田さんは……」

「芝翫河岸のそばにいます。どこかわかりませんが、文吉のことがわかるまでは旦那から目を離さないといってます」

伝次郎は下唇を嚙んだ。

酒井彦九郎と松田久蔵の気持ちは嬉しいが、場合によっては津久間に気づかれて敬遠されるかもしれない。もっとも、あの二人がへまをするとは思わないが、津久間は想像以上に用心深い男だ。尋常でない警戒心をはたらかせていると思われる。

「おまえは二人の居所を知っているのか？」

「さっきまで川政のそばの茶店にいましたが、いまはどこかわかりません」

「会ったらこう伝えてくれ。おれのそばに近づかないでほしいと。手先のものたちもおまえもそうだ。それから、くれぐれも津久間に感づかれるようなことがないように気をつけてもらいたいと……」

「わかりました。それで旦那は……」

「おれは常と変わらずに動く。こうしている間にも津久間がそばで見ているかもしれぬ。おれから離れるんだ」

「へえ」

音松は素直に離れたが、すぐに立ち止まって振り返った。

「旦那、気をつけてくださいよ」

「心配には及ばぬ。さあ、行くんだ」

伝次郎は再び舟を出した。菅笠を目深に被りなおし、周囲の河岸道を注意深く見る。

(津久間、ついにそばまで来たか……)

伝次郎は待っていたぞと、旧友に会うような不思議な心持ちになっていた。

彦九郎は芝翫河岸の対岸にある田楽《でんがく》屋の二階を、見張場にしていた。松田久蔵は芝翫河岸のすぐそばにある材木屋に入っている。伝次郎が自宅長屋に帰れば、交替で長屋の木戸口を見通せる油屋を使う段取りをつけていた。

津久間を捕縛するのは最大の目的であるが、その前に伝次郎を守らなければならない。しくじって伝次郎を失うようなことは、決してあってはいけない。その思いは久蔵も、他の手先も同じだった。

曇天《どんてん》のせいで周囲の風景が、くすんで見える。空気が澱《よど》んだように重く感じられた。

そばには熱い茶が用意され、深夜の冷え込みを気遣って店の主が手焙りを置いてくれた。

彦九郎はあぐらをかいて、目の前の通りと、対岸の舟着場に目を光らせつづける。

伝次郎が舟着場にやってきて、自分の舟をつなぎ留め、雁木をあがっていく姿が見えた。小脇に菰包みを抱え持っていた。刀を隠し持っているのだと、彦九郎には察しがついた。

その姿が町屋の裏に消えると、落ち着かない気持ちになった。だが、ここで慌てて動けばそばに来ているかもしれない津久間に気づかれる恐れがある。

久蔵がうまくやってくれるはずと信じるしかない。久蔵のそばには、小者がひとりついている。なにかあれば、見張場にしている材木屋の裏口から出て知らせに来ることになっていた。

それから半刻ほどたってから、万蔵がやってきた。表からではなく、裏から入ってきたのだ。

「文吉は見つかったか？」

彦九郎の問いに、万蔵は首を振って、頑丈《がんじょう》そうな顎をさすった。

「いったいどこに行きやがったんだ」

「旦那、こんなことをいまさらいってもはじまりませんが、文吉の姿が見えなくなる寸前に、女が近づいたような気がするんです。そんなふうに見えたんですが……」

「女、お道だったというのか……」

「よくはわかりませんが、ひょっとしたらと思いまして……。ですが、行商の女のような恰好をしていたんでちがうかもしれません」

「ふむ。まあ、いまとなっちゃ、そんなことはどうでもいい。大事なのは文吉がどこにいるかだ」

「あっしが油断したばかりに……」

万蔵はがっちりした体を小さくする。

「おまえのせいじゃねえ。気にするな」

彦九郎は茶に口をつけて、表に目を向けた。

五

戒蔵が体に変調を来《き》したのは、お道を手にかけて新大橋をわたる途中だった。久しぶりにひどく咳き込んで、胸が苦しくなったのだ。そのまま欄干にもたれて休んでいると、薪《たきぎ》売りに大丈夫ですかと声をかけられた。

「ああ、かまうな。早く行け」

戒蔵は邪険《じゃけん》に追い払ったあとも、しばらく欄干にもたれていた。喀血しなかったのがさいわいで、そのまま大川を往き来する舟を眺めていた。

(あの沢村伝次郎が船頭に……)

文吉が嘘をついていなければ、あの舟の船頭がそうかもしれない、それともこっちの舟の船頭かもしれないと、上り下りする舟に目を凝らした。

いくらか気分が落ち着いたところで橋をわたった。橋番《はしばん》がいないから、余計な人間に顔を見られることもなかった。

深川八名川町《やながわちょう》まで来ると、一軒の目立たない飯屋の暖簾をくぐった。そのまま隅に腰を据えて、遅い昼餉にしたが、食欲はなかった。

だが、食べなければ体力が落ちる。無理をしてさしてうまいとも思わない飯をかき込み、気休めとしか思えない薬を飲んだ。

(これも最後だ)

薬の包み紙をひねりつぶした。そのまま半刻ほど休み、芝翫河岸に足を向けたのは、昼八つ(午後二時)過ぎだった。

だが、戒蔵は六間堀に架かる猿子橋《さるこばし》のそばで足を止めた。すぐそばに火の見櫓《やぐら》が建っている。

戒蔵は橋際にたたずみながら考えた。髪結いの文吉は、自分が脅したゆえに八丁堀の与力か同心から沢村伝次郎のいまを聞きだしたはずだ。そのとき、自分が来たことをその相手に話しているかもしれない。

文吉の長屋でいやな胸騒ぎがしたこともある。もし、自分のことを文吉が漏らしていれば、町方は見張りをしているはずだ。

（いや、そう考えたほうがいい）

戒蔵はそう思った。

すると、不用心に芝翫河岸には近づいてはならないということである。だが、沢村伝次郎がほんとうに、芝翫河岸で船頭をやっているかどうかをこの目でたしかめたい。

（どうすりゃいい）

戒蔵は自問自答してあたりを見まわした。

曇り空のせいで、日の暮れが早かった。夕七つ（午後四時）の鐘が空をわたっていったときは、あたりに薄暮が漂っていた。

薬研堀で客を降ろした伝次郎は、難波橋《なんばばし》をくぐり抜けて大川に舟を出したところだった。川中に向かって舟を進め、周囲を眺めた。

河岸道や大橋を行き交う人々。大川端の土手道にいくつかの影が見られたが、垢離場《こりば》のあたりで釣りをしていたものはいなくなっていた。

(津久間がそばに来ている)

胸の内にその思いがあり、接触してくるそのときを密かに待っているが、なんの変化もなかった。

竪川に入っていった舟があった。御船蔵《おふなぐら》の舟着場につけられたばかりの舟から、身軽に降りた船頭の姿があった。

うっすらと汗ばんでいた肌が冷たくなった風にさらされた。西の空には、日の名残も見えず、早くも闇があたりを包んでいた。

伝次郎は舟を川の流れにまかせたまま小名木川に入ると、そのまま芝翫河岸につけた。菅笠に隠れている目を周囲に配り、不審な影がないか注意した。

舟の舫を雁木にしっかりつなぎ留めるときも、刀を隠した菰包みを小脇に抱えるときも、近くに注意した。しかし、なにも起こらなかった。

河岸道にあがり、対岸の河岸道や川政の舟着場を眺めて、自宅長屋に向かった。

天気が悪いと、職人にかぎらず商家も早仕舞いするところが多い。往来には炊煙がたなびき、道具箱を担いだ職人たちが路地に吸い込まれるようにして消えてゆく。

長屋に帰った伝次郎は、家の中に変化がないかと目を光らせたが、朝出かけたときとなんら変わったことはなかった。

夕餉のことを考えた。普段なら千草の店に迷わず向かうが、今日はまずかった。ならば他の店にするかと思うが、同じことである。もし、津久間があらわれれば迷惑をかける。それに伝次郎は、この町で騒ぎを起こしたくなかった。

もし、津久間がやってきたら、まずは話をしなければならない。聞き分けがないようなら腹をくって刀を抜くことになるだろうが、そんなことは場所を移してからにしたい。

伝次郎は自炊をすることにした。米を研ぎ、竈に火をくべる。もうそんなことは慣れっこだった。

菜は漬け物と魚の干物しかないが、それで十分だった。夕餉の支度をしながら、文吉は見つかっただろうかと考えた。もし、無事だったとしても、おそらく今夜は知らせはないだろうと先読みする。

めずらしく自炊している伝次郎を、隣家の女房が冷やかした。

「近ごろめっきり伝次郎さんは飯炊きしないねと、うちのと話してたんだよ」

「たまにはやるさ」

「煮物があるけど、食べるんだったら持ってくるよ」

「ありがたい」

伝次郎が笑顔を返すと、女房は気前よく丼いっぱいの煮染《にし》めを持ってきた。こんなには食べ切れないというと、一日二日は日持ちするから遠慮するなという。

「悪いな」

「なにいいってことよ、いい男には弱いんだよ」

女房はそういってあかるく笑ったあとで、声をひそめ、

「うちの亭主にはないしょだからね」

唇の前に指を立てる。

夕餉を終えた伝次郎は暇だった。これといってやることもなく、ごろごろしているしかない。かといって寝るにはまだ早い刻限だった。

夕餉時分だから、あちこちの家からいろんな話し声が聞こえてくる。笑い声や怒鳴り声、そして赤ん坊の泣き声などといろいろだ。長屋のものは痴話喧嘩を聞かれ

ても平気な顔をしているし、またそんなことにも慣れっこだった。

ただ、伝次郎は戸締まりだけはしっかりしていた。いきなり戸が開けられないように心張《しんば》り棒をかけたのだ。

いつしかうたた寝をしていた。芯から眠っていないので、いろんな夢を見たが、ふと目を覚ますと、はてなんの夢だったかと考える始末だ。

「伝次郎さん、伝次郎さん」

声をかけながら、ぱたぱたと草履《ぞうり》の音を立ててやってきた女が、家の前で立ち止まった。そのままどんどんと戸をたたき、

「伝次郎さん、いますか。伝次郎さん」

慌てた声は、千草の店のお幸だった。

「なんだ、どうしたってんだ」

伝次郎が戸を開けてやると、

「喧嘩なんです。誰か止めに入らないと、大変なことになってしまいます。伝次郎さんすぐ来て、そうしないと怪我人が出るかもしれないんです」

お幸はそういうやいなや、伝次郎の袖をつかんでいた。

六

伝次郎はお幸に急《せ》かされるまま千草の店に急いだ。店の前にはちょっとした野次馬がたかっていた。

「なんだてめえ、そんなもん持ちだしてただですむと思ってんのか！　おーし、こうなったらおれだって黙っちゃいねえ」

顔を真っ赤にして怒鳴っているのは、英二《えいじ》という近所の大工だった。普段はおとなしく飲んでいる男だが、さっと脱いだ半纏を片手で振りまわして啖呵《たんか》を切った。

相手は上総屋の公助だった。包丁を両手で持って構えている。

「あんたにつべこべいわれる筋合いはないんだ。横から余計な口を挟んできやがって……」

二人は店の中で向かい合っているのだった。

客も野次馬もみんな店の表にいた。

「着物を台無しにしやがって……横からしゃしゃり出てきて、人の気持ちを踏みにじりやがって。ちきしょう！」

公助は包丁をめちゃくちゃに振りまわした。英二は切られまいと、脱いだ半纏で防ごうとするが、公助の勢いに負けてじりじり下がっている。

「若旦那、やめて！　英二さんは悪気があってやったわけじゃないんだから」

千草が悲鳴じみた声をあげて止めようとするが、公助は藪《やぶ》を払うように包丁を振りまわして、英二を切りつけようとする。

「いったいどういうことだ」

伝次郎は千草の横に立って聞いた。だが、千草はちらりと伝次郎を見ただけで、

「こうなったらわたしも腹をくくるっきゃない」

と、袖をまくりあげて、一歩前に出た。

切りつけられそうになった英二が、店から転げるように出てきた。公助も飛びだしてきて、振りかざした包丁を振りおろそうとした。そのとき、千草が大きな声を張った。

「やめな！　やめないかッ！」

公助が包丁を振りあげたまま、千草を見た。

「なんだい、人の店の包丁を勝手に持ちだしての刃傷沙汰《にんじょう》なんて、まっぴらごめんだね。いくら若旦那でも黙っちゃいないわよ」

「な、なんです」

「なんですじゃないわよ！　包丁を放しなさいッ」

尻餅をついていた英二は、公助に用心しながらゆっくり立ちあがった。千草が進み出て、公助と英二の間に立ちふさがった。英二を庇う恰好だ。

千草はまっすぐ公助をにらみ据えて、言葉をついだ。

「英二さんを切りたきゃ、わたしを切りな」

「なんだって……」

公助は驚きに目をみはり、

「ど、どうしてそんなことというんだい。あんないい着物を台無しにされたんだよ。悔しいじゃないか」

と、気弱な言葉つきで千草を見る。

伝次郎は店の土間に落ちている着物に気づいた。紫地に四季の小花を散らした上品な小袖だった。

「若旦那、いわせてもらいますが、わたしは着せ替え人形じゃないんだよ。それも客のいる前で着替えてみせろというのが、土台《どだい》おかしな話じゃありませんか」

そうだそうだと、英二が相槌《あいづち》を打つ。

「それにわたしゃ、若旦那に買ってくれとせがんでもいない。ねだってもいないのに押しつけられるのは迷惑なんです」

「そ、そんな。それじゃわたしの立つ瀬が……」

「おめえに立つ瀬なんぞあるもんかい。なにが若旦那だ、番頭だ。たかが上総屋の小倅《こせがれ》じゃねえか。生意気なことしやがって。胸糞《むなくそ》わりいったらありゃしねえぜ」

ペッと、英二がつばを吐き捨てた。とたん、公助の顔が紙のように白くなったと思ったら、目の前の千草を突き飛ばして、英二に切りかかった。

倒れた千草の悲鳴と同時に、伝次郎が前に出て、

「やめねえか。ここまでだ」

と、包丁を持った公助の手をねじりあげ、

「刃物を振りまわしちゃならねえ。あんたは大店の跡取りっていうじゃないか。こんなことしたら、あとあと悔やむことになる。店の看板に泥を塗るようなことはや

めるんだ」

そう諭しながら、公助の手から包丁を奪い取った。

「英二、もうよしな。口は災いの元だ。これでお開きだ。さ、帰った帰った」

伝次郎にいわれた英二は、一度公助をにらみつけてから、おとなしく帰っていった。それを潮《しお》に、野次馬たちもぞろぞろと自分の家に戻っていった。

千草はその様子を見てから、ゆっくり店の中に戻ると、落ちていた着物を拾いあげてきれいにたたみ、公助のそばに立った。

「若旦那、せっかくですがこの着物はお返しします」

公助は呆然とした顔で差しだされた着物と、千草を交互に見て、あきらめたように着物を受け取った。

「気が向いたらまた遊びにいらしてくださいな」

千草は普段の落ち着きを取り戻していったが、

「こんなことじゃ気が向くことなんてないさ」

と、公助はふてくされた顔で背を向けた。それを見送った千草は店の中に入った。

皿や銚子が割れたり転がったりしていた。煙草盆もひっくり返り、酒をぶちまけたらしく障子が濡れて破れていた。

千草とお幸が片付けにかかったので、伝次郎もそれを手伝った。

「どうなることやらと、気が気でなかったんです。でも無事に収まってよかった。でも、あの若旦那が板場に飛び込んで、包丁をつかんだときには肝が冷えましたよ」

お幸がそんなことをいいながら胸をなで下ろす。

「どういうわけでこんなことに……」

伝次郎が訊ねると、千草がとつとつとした調子で説明した。

その夜、公助はかねてより千草のために注文をしていたらしい着物を持ってきた。それを他の客に誰かれなく自慢し、せっかくだからみんなの前で着てみせろと千草にいった。だが、千草はそんなことは困るし、着物もいらないとやんわり断った。すると、公助は機嫌を損ね、この店を贔屓にしている客の厚意を無にするのは失礼だ、着物を羽織るぐらいなんでもないだろうといいつのった。

そんなやり取りを見ていた英二が、いい加減にしろと怒鳴り、いやがっている千草に押しつけることはないだろう、と公助に注意した。

それからしばらく口論となり、公助が英二に酒を引っかけると、英二が堪忍袋の緒が切れたといって公助につかみかかって、取っ組み合いになり、力負けして板場に逃げ込んだ公助が包丁を手にしたのだった。

「みんなあの若旦那のことを、ほんとうは嫌っていたんです。あの人がいると、顔を見ただけで帰っていくお客もいたし……」

お幸がそう言葉を付け足した。

「若旦那をいい気にさせたわたしがいけなかったのよ。もっと早くに注意しておけばよかった」

千草が後悔したようにいう。

「でも千草、おまえさんの啖呵はなかなかのもんだったぜ」

伝次郎は拾い集めた割れ皿を飯台《はんだい》に置いて千草を見た。

「これでも元は武士の娘ですから……」

千草は照れたようにうつむいて、前垂れで手をぬぐい、

「さあ、もうあとはわたしがやりますから、二人は帰っていいわ」

といった。

お幸が先に帰り、伝次郎は洗い物を板場の流しに入れてから表に出た。千草がすぐに追いかけてきて、

「伝次郎さん、ご迷惑をおかけしました」

と、殊勝に頭を下げる。

「迷惑なんかじゃねえさ。気にすることはない。おっと、暖簾を……」

伝次郎が気づいて暖簾に手をかけると、千草も同じように手をのばしたから、二人はどちらからともなく顔を見合わせた。顔がまさにくっつきそうなくらいに近かった。遠目には顔が重なって見えたかもしれない。

「今度二人だけでゆっくり酒を飲もう」

「喜んでお相手させていただきます」

嬉しそうに微笑む千草の顔を、掛行灯のあわい光が包み込んだ。

七

彦九郎は自分の見張場を離れると、周囲に気をつけながら、久蔵の見張場に急い

だ。久蔵は日が暮れるまで、材木屋で見張りをしていたが、伝次郎が自宅長屋に帰ると、その長屋の木戸口を見張れる油屋に移っていた。

彦九郎は油屋の裏に来ると、もう一度あたりに注意の目を向けた。同心のなりではない常着なのであまり気を配ることはなかったが、そこは習性であった。

「どうした？」

久蔵が声をかけてきた。そばには八兵衛がついていた。

「お道の死体が見つかったという知らせがあった」

「なにィ」

久蔵は整った顔をしかめた。

「大川端《おおかわばた》の土手下に転がっていたそうだ。胸を一太刀で斬られていたらしい」

「下手人は？」

「わからねえ。見つけたのは若狭小浜《わかさおばま》藩の酒井家の勤番侍らしい。さっき知らせを受けたばかりだ。調べは明日からになるが、おれたちも助をすることになっている」

「津久間も殺されたなんてことはねえだろうな」

「おれもそれが気になったんだが、やつのことはなにもわかっていない。別々に動いていたのかもしれねえ。それでどうだ」

「さっき、騒ぎがあった」

「騒ぎ？」

彦九郎の疑問には、小者の八兵衛が答えた。近くの店で喧嘩があり、伝次郎が仲裁に入ったということだった。

「あっしも気になりまして、見に行ったんですが、津久間とはなんの関係もないことでした。客同士の諍《いさか》いでして……」

「なんだ。この辺で騒ぎだと聞けば、すぐに津久間じゃねえかと思っちまう」

彦九郎はふっと、嘆息して湯呑みをつかんだ。

それから小半刻もしなかっただろう。粂吉が汗びっしょりで油屋にやってきて、大きく肩を上下させながら、

「文吉が見つかりました」

と、報告した。

彦九郎と久蔵は目をまるくして、いったいどこにいたと同時に訊ねた。

「本小田原町の空き店です。文吉は猿ぐつわを嚙ませられ、体を縛られていたそうですが、自力で足の縛めをどうにかほどき、その店から表に転がり出たところを助けられたそうで……」

「それじゃ無事だったんだな」

久蔵が安堵《あんど》の顔でいえば、

「誰が文吉をそんな目に？」

と、彦九郎が訊ねる。

「津久間とお道です。文吉は殺されそうになったけれど、お道が津久間を止めてくれたので助かったといってます。それから沢村の旦那のことを話したとも……」

条吉は彦九郎と久蔵の顔を交互に眺めた。

「本小田原町は江戸橋からすぐだ。なるほど、あの野郎、魚河岸の人混みをうまく利用したってわけか、くそッ」

彦九郎は文吉を見失ったときのことを思いだして悔しがった。

「それで文吉はどうしてる？」

「家に戻っています」

「それじゃもう文吉のことはいいだろう。粂吉、おまえはここでおれたちと見張りをするんだ。伝次郎のことを知った津久間は、もう文吉には用はないはずだ。それに文吉が助かったことも知らないだろう」

久蔵はそれでいいだろうと、彦九郎を見た。

「すると今夜か明日にも津久間があらわれるかもしれないってことだ」

彦九郎は窓の隙間から、伝次郎の長屋を眺めた。


商家の物陰に身をひそめていた戒蔵は、ひとりほくそ笑んだ。

(なるほど、あの油屋に見張りがいるってことか……)

戒蔵は伝次郎の長屋のそばにある油屋を眺めながら、無精髭《ぶしょうひげ》の生えた顎をさすった。近所の小料理屋で騒ぎがあったとき、戒蔵もその近くにいた。

それから騒ぎの成り行きを遠目に見物していると、なんと沢村伝次郎が姿を見せた。股引に腹掛け半纏というなりは、まさに船頭だったが、戒蔵は見過ごしはしなかった。思わず刀の柄に手がのびたが、人がたかっていたので様子を窺っていたのだった。

そのとき、沢村が店の女将とただならぬ間柄だと見破った。沢村はひとりで自宅長屋に帰っていった。そのとき、好機到来だと戒蔵は思ったが、またもや邪魔が入った。自身番の見廻りと出くわしたのだ。

それで、いま身をひそめているところで、様子を窺っていたのだが、油屋の裏口から出入りする者を見た。ひとりではなかった。

さっきひとりの侍が入っていったと思ったら、しばらくして別の男が慌てた様子で、同じ裏口から店の中に消えた。

戒蔵は見張りだとすぐに見抜いた。つまり、沢村伝次郎の長屋を町方が見張っているということなのだ。

（……そういうことかい）

ほくそ笑む戒蔵には余裕があった。

すでに伝次郎の調べをすませていた。たしかに沢村伝次郎は、芝翫河岸で船頭をやっていた。嘉兵衛という船頭のあとを継いでいるということまで知った。それから、毎朝どこへ舟を向けるかもわかっていた。

教えてくれたのは、芝翫河岸の対岸にある、小名木河岸ではたらく人足だった。

日がな一日その河岸場にいるので、船頭のことに詳しかったのだ。

戒蔵は油屋の裏口をしばらく見てから、暗がりから道に出た。月も星もない暗い夜である。もっとも暗い道の端を辿り、さっき騒ぎのあった店に向かった。軒行灯の火は消されているが、まだ店の中には小さなあかりがあった。

戒蔵は店の近くまで来ると、商家の軒下にある天水桶の陰に身をひそめた。待つほどもなく、沢村伝次郎とただならぬ仲らしい店の女将が表に出てきた。一度通りに目を向けたが、そのまま脇の路地に姿を消した。

戒蔵は暗がりから出ると、足音を殺して急いだ。女将が一軒の家に入っていくのが見えた。戒蔵は猫足でその家の戸口に近づいて、コンコンと、小さく戸をたたいた。

「どなた？」

女将がそう言葉を返しながら戸を開けた。ギョッと、女将が目をみはったとき、戒蔵はその口を手でふさいで、家の中に押し戻した。

八

（なにもなかったな）

目が覚めるなり、伝次郎はそう思った。期待外れと安堵の入り交じった気分だ。

いつもならそのまま井戸端へ行き、洗面をすませ、神明社へ稽古に向かうが、その朝は休むことにした。

津久間がそばに来ているのかどうかわからないが、こう待つ時間が多いと、心がじれそうになる。しかし、平常心を保とうと自分にいい聞かせる。

昨夜の残り物で軽く朝餉をすませて、千草を待ったが、来る気配はなかった。来てほしいという気持ちもあるが、自分は無理をするなといったばかりである。それに昨夜は喧嘩騒ぎがあったので、疲れているのかもしれないと千草を気遣った。

昨日は日の射さない曇天だったが、今朝はやわらかな朝の光が腰高障子にあたっていた。それまで静かだった長屋が、徐々に騒がしくなってくる。

伝次郎はいつもより少し早いが、長屋を出て舟着場に足を運んだ。小名木川からうっすらと立ち昇る川霧が、朝日を受けて幽玄な風景を造りだしていた。

伝次郎は刀を包み隠した菰を艫《とも》に置くと、舟底にたまった淦《あか》をすくいだし、櫓の具合、棹の具合をたしかめた。それから舟縁に目を凝らして、舟の羽目板《はめいた》に隙間がないかあらためた。なにせ、譲り受けた古い舟である。油断すると水漏れの亀裂や舟板の腐食《ふしょく》を見逃すことがある。そんなことはあってはならなかったし、気づけばすぐに補修するようにしていた。

同じ舟着場に河岸人足がやってくると、他の船頭も姿を見せた。互いに軽い挨拶をして、それぞれの作業に入ってゆく。

伝次郎は艫に腰をおろして、煙管に火をつけて一服した。そうやって紫煙をくゆらしていると、ひとりの男が雁木を下りてきた。

人足のなりだから気に留めなかったが、「旦那」と声をかけられて、久蔵の小者・貫太郎《かんたろう》だと気づいた。

「こっちを見ないでください」

貫太郎は雁木の杭に巻かれた縄を縛りなおす真似をしながら、言葉をついだ。

「文吉は無事に家に戻りました。昨夜のことです。やはり、津久間に捕まっていたんです。それで、津久間は旦那がここで船頭をしていることを知っています」

「文吉に怪我は？」

伝次郎はあらぬほうを見ながら小声で訊ねる。

「空き店に縛られて転がされていたそうですが、怪我はありません。それからお道って女が殺されていました。下手人はまだわかっちゃいません」

伝次郎は川政の舟着場を眺めながら、ぴくりと眉を動かした。

「津久間は今日にもあらわれるかもしれません。気をつけてください」

「いわれるまでもない」

「それじゃあっしは行きます」

貫太郎はそのまま舟着場をあとにした。伝次郎は目の片隅で、その姿を見送って舟を出すことにした。

菅笠を被り、舫をほどき、棹をつかむ。ふと、対岸に目を向けると、音松が河岸道に置かれた床几に座って煙草を喫んでいた。

伝次郎は目顔でうなずき、つかんだ棹で岸を押した。そのまま舟を川中に進めて、大川に向かう。万年橋をくぐり抜けたとき、ぱあっとあたりがあかるくなった。同時に大川がまぶしくきらめいた。日を遮っていたうすい雲が払われたのだ。

伝次郎は艫に腰をおろすと、棹を置いて、櫓をつかんだ。そのままゆっくり上流をめざして漕ぎだす。

ぎぃ、ぎぃっと、櫓床《ろどこ》がゆっくり軋む。


音松は伝次郎の舟がすっかり見えなくなっても、床几に座っていた。煙管をつけなおして、またゆっくり煙草を喫んだ。

材木屋に目を向ける。昨夜、油屋で見張りをしていた久蔵たちは、その材木屋に場所を変えているはずだが、姿は見えなかった。店のものたちが、大八車に材木を積んだり、店の裏から材木を運んでいたりした。

音松は商家の旦那ふうの身なりなので、津久間にも町方の手先には思われないはずだった。実際、小さな油屋の店主なのではあるが、そのことがかえって津久間の目を誤魔化すはずだった。

煙草を喫んで、床几から腰をあげようとしたとき、

「もし、旦那」

と、声をかけられた。近くにいた河岸人足だった。

「申しわけありませんが、ちょいと火を貸してもらえませんか。火口《ほくち》が切れちまってんです」

「ああ、使いな」

音松は気軽に自分の火口を貸してやった。これは糸状の消し炭で、火打ちを使うとすぐに火がつく。それを雁首の刻みに移すのだ。

「ありがとうございやす。助かりました」

人足は礼をいって、うまそうに煙管を吹かした。

「昨日は曇っていて寒かったけど、今日はいい天気になりそうですね」

音松が火口をしまっていると、人足が話しかけてくる。

「ああ、そうだな」

「暑いと仕事がいやになりますが、この時季の天気が一等仕事しやすいんです。一年中こうだったらいいんですがね」

「あんた、ずっとここではたらいてるのか？」

音松は気まぐれに訊ねてみた。

「ここだけじゃありませんが、まあここは家の近くですから、この河岸場がほとんどです」

「それじゃ船頭たちとも顔なじみだ」

「知らねえもんはいませんよ」

「伝次郎さんという船頭も知ってるか」

「もちろんでさ。いつもぱりっとした男っぷりのいい船頭です。嘉兵衛という年寄りの船頭がいたんですが、おっ死《ち》んじまいましてそのあとを継いでんです」

「詳しいな」

「そりゃもちろん。そういや、昨夜も伝次郎さんのことを聞いてきた侍がいたな」

人足はそういって、煙管をぷかりと吹かした。何気ない一言だったが、音松ははっと目を光らせた。

「おい、その侍はどんな男だった」

「なんです、いきなり」

音松が形相を変えたので、人足は身を引いて、驚いた顔をした。

「ひょっとして、その侍はこんなやつじゃなかったか」

音松は急いで津久間の似面絵を出して見せた。

人足はじっと眺めたあとで、そっくりだといった。

「おい、そいつとどこで会い、どんなことを話した」

「いったいなんです。おりゃあ、伝次郎さんのことを聞かれたんで、知ってることを話しただけですよ。猿子橋のそばで立ち話をしただけですがね」

人足はそういって、津久間とやり取りした一部始終を話した。

話を聞き終えた音松は血相《けっそう》を変え、彦九郎のいる田楽屋へ脱兎《だっと》のごとく駆けた。

九

小名木川の舟運は盛んだが、神田川もそれに劣らず舟の出入りが多い。川の上流に向かって左側、神田下柳原同朋町《しもやなぎわらどうぼうちょう》の河岸（柳橋裏河岸）には、吉原通いの山谷《さんや》舟《ぶね》が目立つ。反対岸（平右衛門町河岸《へいえもんちょうがし》）には屋根船や屋形船など遊興が目的の、割と大きな船が幅を利かせ、その隙間に猪牙舟がつけられていた。

伝次郎は山谷舟を邪魔しないよう平右衛門町河岸に、自分の舟をよせた。だが、わざと客に声をかけられないように、岸から離れたところに舟を止める。「三浦《みうら》」という船宿の屋形船の脇だった。

櫓床に腰をおろし、煙管をくゆらせながら周囲の河岸道に目を向けた。津久間は自分がなにをしているか知っている。芝翫河岸が自分の舟の置き場ということも。柳橋に来るときも、伝次郎は河岸道に注意の目を向けていたが、自分の舟を追う男の姿は見られなかった。

仕事どころの心境ではない。確実に津久間が自分に接近しているという実感がある。だからといって、仕事を休んで、河岸場で津久間を待つことはできない。あくまでも自分は津久間に気づいていないふりをしていなければならない。

津久間はこっちの油断に必ずつけいってくるはずだ。伝次郎はそう考えていた。どこからともなく鶯の声が聞こえてきた。伝次郎は菅笠の陰になっている目を周囲に飛ばしつづける。河岸道、船宿の二階、茶店、料理屋……。

ふと、利兵衛という男のことを思いだした。この柳橋を江戸一番の花街にするといった男だ。たしかにあの男がいうように、柳橋は魅力的な地だ。いまも河内屋《かわち》や梅川《うめかわ》などという高級な料理屋が何軒かある。数は少ないが芸者もいる。

（おれに船宿を預けるなどと……）

伝次郎はふんと鼻で笑った。

暇にあかせてそんなことを考えていたが、ふと河岸道にあらわれた男がいた。大きな柳の下である。男は深編笠を被った浪人の風体だった。顔は見えないが、視線が自分に向けられているのがわかった。

伝次郎は菅笠を少しあげて男を注視した。

しばらくの間――。

男の口許にかすかな笑みが浮かんだ。それからゆっくり深編笠を脱いで、足許に落とした。伝次郎は、はっと目を光らせた。

津久間だった。

二人は火花を散らすように短くにらみあった。

やっと来たかという感慨が、伝次郎の胸の内にわいた。津久間は以前より痩せて見えた。顔色がすぐれない。無精髭を生やし、髷も乱れていた。

津久間が小さく顎をしゃくった。陸にあがってこいという誘いであろう。望むところだ。伝次郎は舫い綱をたぐって、ゆっくり舟を岸につけた。

津久間は身動きせずに立っている。だが、右手が刀の柄に添えられた。伝次郎は足許の菰包みから、刀を取りだした。津久間のこめかみが、ひくっと動いた。刀を隠し持っているとは思っていなかったようだ。

伝次郎は舟着場に降りて、短い雁木をゆっくり上った。

津久間は柳の下に立ったままだ。

互いの距離三間で、向かい合った。津久間は無表情に見てくるが、双眸にも総身にも殺意がはっきりと見て取れた。

「……来たか」

伝次郎は短くつぶやいた。

「…………」

津久間は無言だった。

だが、その沈黙はなによりも饒舌に思われた。伝次郎の腹の内で積年の恨みが滾《たぎ》りはじめていた。口を真一文字に引き結び、片手で菅笠の顎紐をほどいた。

津久間が左手で鯉口を切る。柳を揺らす風が、津久間の鬢のほつれ毛を揺らした。

伝次郎は履いていた足半《あしなか》を、蹴るように後ろに飛ばして裸足になった。いってやりたいこと、罵《ののし》りたいことは山ほどあるが、もはやそんなことは無用である。津久間に殺されたものたちの無念を晴らすために、目の前の男を黄泉路《よみじ》へ送り込むだけである。

「……やっと会えた」

津久間が低くしわがれた声を漏らし、伝次郎に斬られた眉間の傷跡を指先でなぞった。

伝次郎は無言で、間合い二間まで詰めた。津久間が右手を刀の柄にかけた。二人のいる空間が、針でつつけば破裂しそうな緊張感に包まれた。

河岸道を歩いていたものたちが、ギョッとなって立ち止まった。だが、二人はまったくそんなことには関知しなかった。互いに牙を剥《む》き合い、斬るか斬られるかの死を賭《と》す戦いをはじめるのである。

足許を川風が流れていった。日が雲に遮られ、あたりがわずかに暗くなった。刹那、津久間が刀を抜き払った。右八相に構えた。

それを見た伝次郎はゆっくりと、愛刀・井上真改を抜く。二尺三寸四分の刀身が、きらっと、きらめいた。

構えは右下段。すり足を使って間合いを詰める。すでに刃圏《やいばけん》。津久間が右八相に振りあげた刀で、撃ち込みの体勢を整えた。その間合いを外すように、伝次郎は地を蹴り、下段から胴を抜きにいった。

津久間の鋭い斬撃が刃風をうならせて耳許をかすった。転瞬《てんしゅん》、両者の立ち位置が変わった。津久間が右八相に刀を戻せば、伝次郎は右下段に構えを戻す。

互いに爪先で地面を嚙んで、じりじりと間合いを詰める。伝次郎は左手の小指と薬指の二本で刀をつかみ、右手は軽く添えているだけだ。右手に力が入れば、狙いを外す。

津久間が動いた。撃ち込むと見せかけて、鋭く突いてきたのだ。切っ先は伝次郎の喉に向けられていた。小袖の裾がひるがえり、両脛が剝きだしになった。

雲から逃げた日が、あたりをあかるくしている。

伝次郎は津久間の刀の棟《むね》を打ち払い、刀身を返して右胴から左肩へ斬りあげた。津久間は後ろに飛びすさってかわすなり、即座に撃ち込んできた。

伝次郎は刀を面前に立ててしのぎ、体を滑らせるように斜め前方に動いてまわり込んだ。背後にまわられるのをいやがった津久間は、軸足で回転しながら刀を横なぎに振ってくる。

伝次郎は半尺足を引いて、空《くう》を切らせると同時に、左足で地を蹴り津久間の肩に一撃を見舞った。だが、宙に軌道を描いた太刀筋がわずかにそれて、左肩をわずかに斬っただけだった。

はっと、不覚を取ったという後悔の色が津久間の目に浮かんだ。しかし、それはほんの一瞬のことだった。

津久間は伝次郎が予想だにしない俊敏さで、新たな斬撃を繰りだしてきたのだ。獰猛《どうもう》な獣だった。死を恐れぬ凶剣である。

津久間には生への執着が感じられなかった。それゆえに、手強《てごわ》かった。命に頓着しない人間は、自分の技量をはるかに超えた力を発揮する。たとえ格下のものでも、そんな相手にはめったに勝てない。

「はッ」

伝次郎は気合いを入れなおすように、息を吐いた。

津久間の目は血走っている。額に粟粒《あわつぶ》のような汗がにじんでいる。伝次郎も首筋をつたう汗を感じていた。

津久間が再び突きを送り込んできた。伝次郎は逃げなかった。左にかわして、横なぎに刀を振った。ぴゅっと、短い血潮が飛び、日の光に弧を描いた。

津久間の右肩を斬ったのだ。だが、傷は浅い。それでも、津久間の顔が痛みにゆがんでいた。

すすっと後ろに下がった津久間の目に、焦りが見えた。

（いまだ）

伝次郎は追い込んで、とどめを刺すために刀を振りあげた。ところが、津久間は身をひるがえすや、雁木を一足飛びに下りて、一艘の舟に飛び乗った。伝次郎は逃がすまいと追ったが、つぎの瞬間、我が目を疑いたくなった。

舟に乗り込んだ津久間は、筵《むしろ》をはぎ取ると、猿ぐつわを嚙ませ後ろ手に縛った女を抱き起こして、喉元に刀をぴたりとあてたのだ。女は千草だった。

千草は恐怖に目をみはっていた。

津久間の頰に余裕の笑みが浮かんだ。

「きさま……」

伝次郎は吐き捨てて、足を踏みだした。同時に、津久間が刀を持つ手に力を入れた。千草の形のよい顎が持ちあがる。白いうなじが日の光にさらされた。

「この女を殺す」

津久間の一言に、伝次郎は戦慄《せんりつ》すると同時に、天地が鳴動《めいどう》するような爆発的な怒りを覚えた。だが、近づけば千草が殺される。相手は善悪の見境いもなく、あっさり人を斬り殺す残忍酷薄《ざんにんこくはく》な外道《げどう》である。

「女はかかわりがない、放せ」

「だったら刀を捨てろ」

伝次郎は進退窮まった。千草を見殺しにはできない。だが、刀を捨てれば自分の命が奪われる。

「伝次郎ッ！」

突然、声がした。

伝次郎は目の端で、その声の主をとらえた。酒井彦九郎と松田久蔵、そして、音松や小者の万蔵たちが河岸道にいた。

「津久間戒蔵、もう逃げられはせぬ。女を放しておとなしく縛《ばく》につくんだ。てめえの運もここまでだ」

久蔵が諭すように声を張りあげた。

津久間はひるみはしなかった。だが、短く咳をした。千草の首にまわした腕に力が入った。千草は恐怖に目をつむった。

「早く捨てねえか」

津久間が咳き込みながら、再度伝次郎に催促した。

伝次郎は棒立ちになった。手をゆっくり下ろし、刀を足許に落とした。津久間の頬に、会心《かいしん》の笑みが浮かんだ。だが、またもや咳き込んだ。

そのとき、なにかが空間を切り裂くように飛んでいくのが見えた。キラキラッと光ったのは、刀の鞘に差し添えられた小柄《こづか》だった。それは一直線に津久間の肩に飛んでゆき、鋭く突き刺さった。

津久間は咳き込みながら短い悲鳴をあげ、背後にのけぞった。

伝次郎はその隙を見逃さなかった。足許の刀を拾いあげるなり宙に飛び、大上段から津久間の首の付け根に、渾身の一撃をたたきつけた。それは深い斬り込みで、たしかな手応えがあった。

血飛沫が噴出し、神田川を赤く染めた。津久間は舟縁にもたれたようにぐったり倒れ、頭を水につけていた。すでに息絶えている。

伝次郎は千草の猿ぐつわと、縛めを素早く切ってやった。恐怖におびえていた千草が、こわばったままの顔で、伝次郎にしがみついてきた。伝次郎はしっかり受け止めてやさしく抱いてやった。

「もう大丈夫だ。もう心配いらぬ」

千草はそれでもぶるぶると震えていた。

伝次郎は河岸道を見た。彦九郎たちが安堵の表情をして立っていた。間一髪のところで小柄を投げたのは久蔵だった。その久蔵がゆっくり雁木を下りてきた。彦九郎たちもそれにつづいて舟着場に立った。

「伝次郎、やったな」

彦九郎がいった。伝次郎は千草を抱きとめたままうなずいた。

「あとはおれたちにまかせておけ」

そういわれた伝次郎は、千草をさも大事そうに舟から降ろした。

川風が新芽の匂いを運んできた。

清らかな鶯の声が風に流されていった。

「精次郎さん、いい見物だったねえ」

そういうのは柳橋の上に立っている利兵衛だった。

「へえ、まさかあんな見世物が見られるとは思いませんでしたよ」

精次郎が感心したようにうなずく。

「やはりわたしはあの男に縁があるようです。たまたま早く出かけてきたら、思いもしないことに出くわしたのですからねえ」

「まったくです」

「わたしには、天があの船頭とめぐり会わせてくれたとしか思えない」

利兵衛は目尻にしわを走らせて、大川を下ってゆく伝次郎の猪牙舟を見送りつづけた。

舟には端然《たんぜん》と座っている千草の姿があり、艫に立って棹を操る伝次郎をときどき見やっていた。

満々と水をたたえた大川は、あかるい春の日射しに澄みを見せて輝いていた。

光文社文庫

文庫書下ろし／長編時代小説
決闘《けっとう》柳橋《やなぎばし》　剣客船頭《けんきゃくせんどう》(七)
著者　稲葉《いなば》　稔《みのる》

2013年8月20日　初版1刷発行

発行者　駒井　稔
印刷　萩原印刷
製本　ナショナル製本

発行所　株式会社　光文社
〒112-8011　東京都文京区音羽1-16-6
電話　(03)5395-8149　編集部
8113　書籍販売部
8125　業務部

ISBN978-4-334-76612-2　Printed in Japan

組版　萩原印刷

お願い　光文社文庫をお読みになって、いかがでございましたか。「読後の感想」を編集部あてに、ぜひお送りください。
　このほか光文社文庫では、どんな本をお読みになりましたか。これから、どういう本をご希望ですか。どの本も、誤植がないようつとめていますが、もしお気づきの点がございましたら、お教えください。ご職業、ご年齢などもお書きそえいただければ幸いです。当社の規定により本来の目的以外に使用せず、大切に扱わせていただきます。

光文社文庫編集部